第九届（2018—2020）小小说金麻雀奖获奖作家自选集

{杨晓敏　尹全生　梁小萍　陈兰　主编}

等候

戴　涛————著

中国出版集团
中译出版社

春山与水菱	099
偶然	103
自然	105
快乐不快乐	107
一生	111
考察	114
郑局长	117
梅生	120
计划	124
常务副县长	127
感谢蜜蜂	131
金项链	134
放火犯	137
教育	141
父亲	144
母亲	147

岳父	149
我家有只小黄狗	153
小冬	156
狗狗	159
追求	162
画家	165
评奖	169
油腻	171
遭遇大师	173
游客心情	177
日光浴	180
秀发	184
芳	187
林秀宇	189
照相	193
连衣裙	196

目录 CONTENTS

等候	001
浦东和浦西的故事	004
绿地	007
表弟	010
神女峰	013
忏悔	017
朴树下	020
白兰花	023
将军的故事	026
士兵与猎手	029
战争谜语	032
老胡同志	035
御笔	039
一片苍茫	042
万先生与方女士	046
妻	049
一个男人和两个女人的故事	053
清清的河水	055
为往事干杯	058
小老鼠	062
河虾	064
国宝老师	068
蓓蓓	071
双胞胎	074
开始	077
花匠	080
回忆	083
黑白与彩色的世界	086
夜泊峨眉	089
生存	091
告别	094
距离	097

篇名	页码
沈记臭豆腐坊	199
烧饼豆浆的故事	203
启事	206
剃头演义	209
风筝	213
剪报	217
乞丐	219
足球	222
撤诉	225
我做了被告	229
油菜花开的时候	232
表妹	234
邻居	238
我很温柔	241
穿白T恤的维纳斯	245
我跟鸟的事	248
田人与鸟	251
冲出隧道	255
下落	258
聚会	262
我没有事	265
视角	267
贺年卡	271
我的选择（代后记）	275

等　候

终于退休了，领导和同事问我："接下来最想干什么？"我说："不知道。"回到家继续想，还是一片茫然。随手整理桌上的信件，看见一封来自我早年插队的那个省份文学杂志发来的邀请函，邀我去参加他们举办的一个笔会，我像是被突然打了一针兴奋剂，一下来了精神。由于工作等因素，我已经十多年没写小说了，这下又唤起了我的向往，更让我向往的是可以去我插队的地方看看，那里有我的好兄弟勇根。

高铁真的很快，六小时就到了 A 省的省会，笔会开得圆满，两天会议一天采风，该聊的都聊了，该看的也都看了，我还答应了杂志社回去就写小说。接下来该回我插队的地方了。

早晨，我刚办好退房，手机响了："哥，我已经在宾馆大门口了。"我赶紧奔到门口，尽管岁月已经过去了四十年，可我还是一眼就认出了勇根，我紧紧地抱住了他，埋怨道："说好的我自己坐车过去，你怎么不听话，这要开好几百公里的路呢！"勇根还是四十年前的勇根，他朝我憨憨地笑笑。

勇根驾驶的北京吉普在公路上疾驰着。"勇根,哥我退休了。""好啊,我陪着哥就在村里多住些日子,哥你听,树上的蝉叫得多欢啊!四十年前你考上大学离开村子时,也是蝉叫得最欢的时候。""是啊,整整四十年了,勇根,四十年哥没有回过一次村里,你怨哥吗?""怨啥呀,我知道哥先是忙读书后来忙事业。""勇根,那你怎么不来找哥呢?"勇根咧嘴笑笑。

我和勇根之所以成为好兄弟,是因为我刚去插队时队里还没给知青盖房子,临时分配住到勇根家,我和勇根吃在一个锅睡在一张床,整整有三年。

汽车在太阳的余晖里驶进村口,勇根指着一幢三层的楼房说:"到家了。"随他登上屋顶平台,他指指屋后面不远处的两排标准厂房说:"喏,那就是我的工厂。""好,明天早上你带我去看看。""哥,我们先不去工厂,我想带你先去另外一个地方。""什么地方?""嘿嘿,保密。"勇根一向憨厚的脸上居然也会流露出一丝狡黠。

第二天早上用过早餐,勇根驾车带着我穿过村子,村子已完全不是我记忆中的村子了,正感慨间车在一座山跟前停了下来,勇根问:"哥,你还认得这山吗?"我抬头看了一下,这不是当年我们两人天天来爬的那座山吗?"哥,我们就像那时一样爬上去好吗?""好。"

没爬一会我就忍不住问勇根:"村子的变化这么大,可

等 候

这山怎么一点变化都没有,还是连条上山的路都没有?"勇根只笑不答。我又问:"这山没人管吗?"勇根立刻回答:"我管啊,我和村里签了二十年租约的。""那你为啥不好好地规划规划,起码先筑条路吧!"勇根又是笑而不语。

终于爬上山顶,见我累得大喘气,勇根一脸的内疚:"哥,对不起,让你受累了。"我连忙安慰他:"还好,不怎么累。"我又问:"你到底为什么不修条路呢?"勇根还是没有回答我。"哥,我带你去看看我们的老朋友吧!"

"我们的老朋友?"勇根见我满脸的惊讶,便拉着我朝湖边走去。这湖并不大,可这方圆百里的群山也就这山上有湖,而且长年水深不变,这便有了几分神秘感。来到水边,勇根指了指湖中央问:"哥,看到了吗?""嗯,看到了,真的是老朋友!"我激动得大声喊叫起来。两只大雁似乎听见了我们的喊叫声,竟朝我们这边游了过来,游到我们跟前,它们伸长了脖子向勇根点头。

看到这一幕,我仿佛回到了四十年前,那时村里关于这座山的传说有很多,因此没人敢上来,可我是知青,根本不信那些神话鬼怪。有一天我硬拽着勇根爬了上来,我们就在这湖边发现了一只受伤的大雁,当地人叫它野鹅。在那个食物极端匮乏的年代,这是何等的惊喜!

我正兴高采烈地计划着打算如何吃它时,勇根却求我:"哥,你看它怪可怜的,我们就不要吃它了好吗?"从此,我们每天都来山上看它给它疗伤。第二年春天，养好了伤的大雁飞走了，这让我和勇根心里都难受了好一阵，可让我们意想不到的是，到了秋天它又飞回来了，还带来了一个伴侣。

"哥，现在每年秋天都会有上百只大雁来到这里过冬，到了春天离去，而这小两口是舍不得走啊！"

"哥，你不是问我为什么不修路，为什么不规划不开发吗？"

"勇根，你不用说了，哥全明白，到了秋天哥再来，哥和你一起在这里守着。"

"嗯，哥，其实我每年在这里等候着大雁，也在等着你啊！"

浦东和浦西的故事

庄木林的祖上是上海本地人，具体地说，在还没有上海这座城市的时候，他的祖辈就已经在黄浦江的东边，一块叫作浦东的土地上种地为生了。

在庄木林五岁那一年，父亲的一次外出改变了庄家的命运，那是20世纪的40年代，庄木林的父亲摇了一艘船渡过了黄浦江，从浦东来到浦西，也就是来到上海（直到

等　候

今天，不在浦西市区住的本地人去市区都叫去上海）。他来上海是打算淘一船大粪回去浇庄稼的，他将船停靠在十六铺码头，看见码头上人来人往在搬运着水果，他便问，水果搬哪去？有人告诉他，从码头进点货，然后拿去卖。他问，能挣钱吗？有人说了一个数，他听了吃一惊，于是决定地不种了，改去上海卖水果。

庄木林的父亲带着他和他娘，在老城区南市的一条弄堂里租了一间房，前半间卖水果，后半间住人。为了挣钱，庄木林的父亲让他母亲在家里卖，自己挑着担子走街串巷卖，几年下来，赚的钱正好把租的房子买了下来，庄木林一家也就成了上海人。这时候上海解放了，庄木林的父母还是卖水果，庄木林被送进了公立的小学去读书，六年制的小学庄木林前后读了八年，他是十岁进的小学，所以小学毕业他也成年了。

成年的庄木林开始有了自己的想法，书是不想读了，想找一份事来做做，父母的水果摊自然是看不上的，那时候当工人是很光荣的，于是庄木林就去报考了一家国营的炼钢厂，先是烧炉子，一年后就做了统计，因为领导看上他脑瓜子聪明，尤其是对数字敏感，领导没看错，你想他从小是在什么环境里长大的。

到了二十三岁，庄木林想谈恋爱了，有人给他介绍了一位幼儿园老师，第一次见面，人家问他，做什么工作的？他答,炼钢工人。于是女孩眼前立马浮现出大幅宣传画上的高大形象,脖子上挂着一条白色的毛巾,手里握着一根火通条,那是令人崇敬的工人阶级代表啊,女孩毫不犹豫就答应了。

婚后一年,妻子就给庄木林生了个儿子,妻子说,我想好了,儿子就叫英俊吧!庄木林说,不行,该叫超英。妻子乐了,你是说我们的儿子超英俊?庄木林答,不是的,我是说我们的钢铁产量要超英国。

当然以后的形势发展大大超出了庄木林的想象,到了20世纪70年代,钢铁超英的任务就完成了,而到了80年代,庄木林满脑子想的已不是钢铁而是搞活,搞活经济也搞活自己,他毅然决定申请辞去计划处副处长,再办理留职停薪,起先领导不同意,说你可不能利用原来的职务便利去做倒卖钢材的生意。庄木林说,不会。

离开了工厂,他第一想到的是去十六铺码头看一看,犹如当年他的父亲。码头又兴旺起来了,倒腾各种东西的都有,对于庄木林来说,最感兴趣的当然还是水果。庄木林考察了一番,决定继承他父亲的事业还是卖水果。不过虽然还是卖水果,可格局上已今非昔比了。他父亲原来在码头上进货,他是直接跑到产地去,他父亲原来进货一次就是一担一百斤,他是一次一条船,他父亲拿了货自己卖,他是直供沪上三十家水果店,当年他父亲用卖水果挣的钱

等　候

买了一间房，成了他这辈子最值得骄傲的事，而他用挣的钱成立了一家公司，名字叫"木林房地产开发有限公司"。

庄木林有了自己的房地产公司自然就要开发房地产，那时黄浦江两岸盛行这么一句老话："宁要浦西一张床，不要浦东一间房"。所以但凡房地产商都挤破了头在浦西拿地，可庄木林偏偏逆向而行跑到了浦东，跑到了他的家乡去拿地。

这事很快被他父亲知道了，父亲问他，我好不容易带全家到了上海，你怎么又回去了，那地方能赚钱吗？

庄木林笑笑说，爸，等房子盖好了，我打算自己留一栋别墅，我们一起搬回去住可好？父亲很生气，要去你去，我才不去。

两年后，庄木林开发的锦绣花园第一期竣工了。相隔不到一个月，国家正式宣布开发开放浦东。

不久，父亲跟着庄木林搬回了浦东住。

绿　地

在上海城市的中心有块非常有名的绿地，叫延中绿地，而我每天上班都会经过或者更准确地说是穿越这块绿地。

在寸土寸金的上海市中心居然不盖高楼弄这么一块绿地，总让人有种匪夷所思的感觉，而且据说还是请国外的园林设计大师设计的，所以尽管叫绿地，比起周围的淮海公园复兴公园可要漂亮多了。每天走进随着四季和视角都会变化的绿地，一天的心情都会好许多。

这是一个秋天的早上，我还是照常将车停到绿地的地下车库然后走进了绿地，因为我喜欢早一点到单位，所以每天当我走过绿地时，除了有几个晨练的人，整个绿地似乎还没完全苏醒过来。忽然，我感觉有种异样，平时那排与法国梧桐构成平行线的空长椅上，孤零零地坐着一个人，这样的异样使我有意识地走近了那个人。

这是个五十来岁的男人，头发是花白的，而且有些结块，这也许是好多天没有洗头的缘故；脸色发黑发暗，应该是风餐露宿缺乏营养所致；黑色的夹克和裤子有些发亮，脚上的一双皮鞋已经看不出什么底色了。

他的身边一左一右放着两只绿色旅行袋，是现在已经不多见的帆布做的旅行袋。此刻他正入神地看着一张报纸，是一张好多天前的《新民晚报》。嗯，应该是一个刚到上海的流浪汉，这是我经过他身边时做出的判断。

当天中午，我吃好午饭刚想午睡，突然想到了那个流浪汉，于是我又下楼走到了绿地，长椅上坐了好多游客，可没有他。

等　候

第二天早上，当我经过那排长椅时，又见到了他，其他都没变，只是手里的报纸换成了一本书，这显然是一本刚买的新书，尽管不知道他看的是什么书，可让我莫名地产生了某种好感。

于是在第三天的早上，我在给自己买早餐的同时也捎带着给他买了一份，当我悄悄地将早餐放到椅子上时，还是被他发现了。他用警惕的眼神看着我，操着西北口音问，这是干啥？我赶紧解释，不干啥，我看你这么认真读书，一定还没吃早饭，我正好多买了一份。他的眼神流露出了友善，轻轻地说了声，谢谢！

从此以后，我只要早上去单位上班，都会带一份早餐给他，每次他接过早餐都会说一句，我要给钱的。每次他说这话时总会露出一丝窘迫。然后我便会回一句，每天算三块五块的烦不烦，以后再说嘛！

我和他熟识以后，说话也随便了，但有一次当我问他，你究竟为何到上海来？他原本友善松弛的脸上突然间又布满了不安和警惕，硬邦邦地扔出一句，你干吗要问这个？对不起了，我只好转移话题，那你在看什么书？他不语。他跟我说话时正好将书合上了，我看到封面上写着：高等教育课本《刑法》。

时间过得很快，转眼已是深秋，长椅两侧的梧桐树叶开始纷纷飘落。这天早上我发觉他精神状态很不好，一摸额头非常烫。你病了！我没有。天冷了，你不能再睡长椅了。没关系的，都睡习惯了。我生气了，朝他吼，你要么回家，要么跟我去救助站。他沉默了片刻说，我现在还不能回去。

最终他跟我去了救助站，救助站的站长恰好是我一个朋友，所以手续办得很顺利，办完手续他就被带去剃须理发洗澡，完了还换了身新衣服。看到他被收拾得干干净净的模样，我也放心了。

分手时我对他说，我会来看你的。可单位出差一走半个月，等我刚回到上海，就接到救助站站长的电话。

站长在电话里说，他走了，他走的时候要我转告你，他说他都想好了，他不会再逃避了。他还说，有一天他会再来上海的，还是坐在绿地的长椅上等你。

表 弟

表弟是十八岁那年来上海的，他老家在江西山区的一个小镇上。表弟在我上班的单位里找到了我，我打量着眼前这位从未见过面的表弟，方脸、厚唇、黑黑的皮肤，非常容易让人想到山。表弟对我说："哥，我没考上学校，家

等候

乡又找不到工作,所以我就想来上海发展发展。"

瞧着表弟对上海一脸的期待与兴奋,我原想对表弟说的话终于一句也没说。

我将表弟带回家,在我的书房里给他安置了一张床。

第二天上班,我特意关照表弟,你先在家歇着,工作我们可以慢慢找。可当我下班回来时,表弟却不在家。这下夫人急了,朝我直嚷:"把他弄丢了,你怎么向他家里交代啊?"正急得没有方向时,表弟回来了,手里捧了一沓广告纸:"哥,我找到工作了!"

"工作?什么工作?"我根本不信表弟这么快就找到了工作。

"真的,哥。今天上午我在家闷得慌,就一个人跑出去了。我见许多人朝地底下走,我也跟着下去了,我坐上了一列在地底下开的火车。坐到那头,我钻出地面时,有人上来送给我一张纸,我问啥纸,他说是房子装潢的广告。他一说话,我就听出来了,他也是老表。这下我们就聊上了,后来他给了我这些广告纸,叫我在地铁这头出口发给人家,发完了,就能领钱。"

我想说这算是什么工作,但我没有,我看见表弟是那样兴高采烈,而且我一时也无法为表弟找到更好的工作。

从此,表弟每天早出晚归,专心致志做着这份散发广告的工作。大约过了一个月,表弟这天回来非常得意地告诉我:"哥,今天我见到老板了,老板要送我去念书。"我问是哪个老板,念什么书。表弟说:"当然是装潢公司的老板,他说我工作得最好,不像别的人,把广告纸偷偷撕了扔了也去领钱,所以老板要送我去念书,念装潢设计的书。"

听了表弟的话,我想表弟这回真的要在上海发展了。

接下来的两年时间,表弟白天发广告,晚上去念书,每天念完书回来,还要在书房里用功,我感觉表弟这书念得很苦。两年后,表弟如愿以偿拿到了毕业证书,装潢公司的老板就让表弟做了设计人员。没过多久,表弟抱回来一台电脑,我问哪儿来的?他说用老板发的工资奖金买的。我说:"用来上网聊天玩游戏?"表弟说:"No,在家里干活儿用,还可以了解国外最新的设计动态。"

到了年底,表弟拿出一万元钱来对我说:"哥,这钱就算是这两年吃住在这里的一点补偿吧!"我坚决不要,表弟急得都快要哭了:"哥,钱你不要,那你一定要答应我两件事,第一件事,我不能再影响你们了,我要搬出去住;第二件事,我要把你们的房子重新装潢一下。"

这两件事最终我都答应了。当我看到经过重新装潢的房子变得如此漂亮时尚时,我真有一种说不出的感动。三年前,当他第一次站在我跟前时,我怎么会想到表弟的今天呢?

房子装潢好后,表弟就搬出去了,他一个人在外面租了房子。因为忙,他也很少到我家里来了,可我知道他的设计越做越好,甚至有人说他想自己开公司做老板。

转眼又是一个春节要到了,这是表弟来上海的第七个春节。他来我家说:"哥,我要回家了。"我问过了年什么时候回来,表弟说:"不来了。"我感到非常意外,问究竟发生什么事了。"没发生什么事,就是不想来了。"表弟的表情还是非常平和,我说:"你总得告诉我一个理由嘛!"表弟说:"我还是喜欢小镇。"

表弟走了,可我还时常在想,表弟究竟喜欢小镇什么呢?

我还做过一个梦,梦中一个十八岁的山村孩子来到我家,他对我说:"大伯,我没考上学校,家乡又找不到工作,我想来上海发展发展。"

我想了想,这孩子应该是表弟的儿子。

神女峰

某一天,我与朋友上街,忽然见大大小小的旅行社门口挂出了同样的招牌:"你想最后一睹三峡的风光吗?请快参加告别三峡游!"于是朋友问我,你去过三峡吗?我说,去过。朋友又问我,怎么样,可以讲讲吗?

我说,讲讲就讲讲。

那是好多年前的事了,那时我刚到检察院工作不久,一天领导把我叫了去,说,公安局移送了一件抢劫案,抓了三个男的。还有一个女的,叫浦英,没抓到,可能是回四川了,你与公安人员去四川一趟,把她带回来。领导又说,别看这女的不是主犯,可有了她的口供,这案子就好办了。

第二天,我和公安的两名侦查员出发了。公安去的是一老一少,老的姓常,五十来岁,是个干了三十年公安的老家伙;少的姓钱,是个刚从警校毕业的黄毛丫头。几小时后我们已到了重庆,然后又坐八小时的长途汽车,抵达了浦英居住的小镇。当地的民警把我们领过去,指指一个正在刷墙的二十多岁的女子说,就是她。我们就向她出示了逮捕证,浦英好像知道我们要来似的,也没大哭小叫,到里屋拿了几件衣服就跟我们走了。路上我问她:刷墙干吗?她说:想开家小饭店。

目标抓到了,该回上海了,回去不能坐飞机了,飞机上不让带犯人,老常说。我便问老常,你去过三峡吗?因为出来前我就研究过地图,这一路上最好玩的地方便是三峡。老常说:没去过。

我赶紧建议说,回去我们坐轮船怎么样,顺便还能看

等候

看三峡。

老常犹豫了一下,说,也好。

可当我们登船时却遇到了麻烦。检票员一听说我们带了犯人,精神立刻高度紧张,说你们带犯人怎么可以和旅客坐在一起呢,出了事谁负责?

我们只得退到一边,老常将浦英的手铐摘了,叫小钱牵着她的手,换一检票口进,这次我们顺利登了船。在船舱里安顿好行李,老常悄悄对我说,我们不能再给浦英上铐了,不然准麻烦。

我问:不会有什么问题吧?

老常说:只要她的精神放松,不寻短见不跳江就成。

为了使浦英放松,我便跟老常、小钱轮番上阵,晓之以法,动之以情,将"坦白从宽、抗拒从严"八个字解释得极透彻极有感染力。浦英终于被感动了,说,我一定走坦白从宽的路。

第二天早晨,甲板上人声喧嚷,一问才知船已至三峡。我们都想出去看三峡,可将浦英一个人放在舱里不妥,于是就将浦英也带到了甲板上。

三峡真不愧是闻名遐迩的游览胜地,激流险滩,峡谷青山,还有种种美丽的传说,都在这里融汇……我连忙打开了照相机,给老常、小钱照相,老常也打开相机为我照……

看完了三峡，这一路上便没有什么精彩的镜头了，我们就整天待在船舱里。

回到上海，为了想表现自己的办事效率和能力，我决定连夜审讯浦英，做一份浦英交代案情的详细材料给领导看。

走进审讯室，我的心情非常轻松。浦英，你把参加抢劫犯罪的经过说一遍。我的语气是非常温和的。

浦英看了我一眼，低下头去一声不吭。

我把刚才的话又重复了一遍，嗓门自然也提高了一些，浦英头也没抬，还是沉默。

这下我有些火了，浦英，你为什么不说话？你不是在船上说好要争取宽大的吗，难道你不想早一点回家？！

浦英依然沉默。

我终于没了招，无奈之中只能打电话向老常求救，老常慢条斯理地对我说，别急，过两天我去审审看。

两天后，老常送来一份浦英的亲笔供词，整整九页纸。

咦，你是怎么使浦英交代的？我非常吃惊。

老常不肯说。可我逼他非说不可，于是老常从公文包里拿出一张照片给我看，想不到竟是浦英在船上的照片，背景是三峡的神女峰。

等候

忏　悔

老赵是G区检察院的起诉科科长，一张国字脸，与一米七的身高搭配，略显得有点大。不过老天还是挺眷顾老赵的，在他的大脸上安了双真正的浓眉大眼，让他有一种不怒自威的形象，所以老赵在与被告打交道时往往总能占得先机，旗开得胜。

今天我们要讲的有关老赵的事发生在20世纪90年代。这天早上老赵刚坐到办公室的椅子上，助理检察员小李就一脸愁云站到他跟前："赵科，这个案子我也不知道该怎么办好。"看小李这神态，老赵知道小李真的碰到难题了，便鼓励道："没事，你说。"

"赵科，案情是这样的，一共是两名被告人，一个叫陈青，一个叫高春，都是技校的在读学生。今年6月9日的晚上，两人上完夜自修出去买东西吃，路过一片绿化带时，听到树丛里有响声，两人便捡起路边的石块扔了过去，结果砸中了一名在树丛里小便的行人，造成了该行人颅骨骨折，一只眼睛失明。经法医鉴定，受害人是被其中的一块石头击中的，而击中受害人的石头究竟是陈青扔的还是高春扔的，公安没有说法就打包过来了，让我们以共同伤害罪起诉,我昨天也去提审了两个被告人,他们都不承认是自己扔的,这可怎么办?"

小李汇报完案情后就默默地看着老赵,而老赵似乎还沉浸在某种思绪或者说是回忆之中,脸上没有一丝表情,老赵今天的表现让小李觉得有点意外,要是以往,老赵早就该站起来拍拍他的肩膀说:"没事,我和你一起去会会这两人。"

小李终于忍耐不住,把嗓门也拉高了:"赵科,您说到底该怎么办啊?"老赵也终于回到了现实中,他用迷茫的眼神看着小李:"嗯,让我想一想吧!"

这一想就是一星期,一星期后,老赵对小李说:"走,今天我和你一起去提审。"小李总算听到了这句话,好兴奋。

在看守所的审讯室里,老赵的表现又让小李感到了意外,平日里老赵总喜欢说公诉人是代表国家刺向犯罪的一柄利剑,可今天利剑不见了,老赵就像一个慈眉善目的老太太,循循善诱了老半天,两个被告人似乎并不领他的情,始终是那句话:"不知道,不是我干的。"

在回检察院的路上,小李向老赵建议:"赵科,要不将案子退回公安补充侦查得了。"不料老赵还是那句话:"嗯,让我再想一想。"

两天后,老赵对小李说:"走,我们再去一次看守所。"

等候

这话又让小李感到意外,在小李的记忆里,科长为一个案件与承办人两次提审被告人可从来没有过。更让小李意外的是,见到第一个被告人陈青,赵科并没有再厉声叫他交代自己的事,而是说:"我给你讲个故事吧!"

"故事要从二十多年前讲起,那时我读小学五年级,因为那个动乱年代也没有什么书好读,所以我们以玩为主,那时我们经常玩的一个游戏就是分成两帮人打仗,武器是弹弓,因为使用的子弹是用纸做的,所以叫纸弹弓,我们会用好几层纸折叠成子弹,弹到皮肤上还是很痛的。

"那天放学后,我们班的男同学又分成两帮在校园里打仗,当时我们这一帮是防守,躲在石头后面,等到他们冲到离我们几米远的时候,我们就一起开火,我知道我的第一颗子弹就打中了一个同学,他叫陈挺,因为我看见他用手捂着脸蹲了下去。

"第二天,陈挺的父亲来学校找老师,说陈挺的眼睛被打坏了,老师在教室问谁打的,没有人承认,我也不敢承认,一个月后陈挺来上课了,我看到他眼睛没瞎,心里的一块石头总算落了地。上初中时我和他就不在一个学校了,这件事也就慢慢被淡忘了。去年我们几个小学的同学聚会,不知怎么会说到陈挺,说他混得不错,在国外开了几家饭店,一个一直和他保持联系的同学说,其实他原来最大的理想是当兵,可体检时一只眼睛的视力不行。我马上问为什么是一只眼睛?他说怎么不记得啦,陈挺的眼睛在上小学时受过伤。听到这话,我的心像是被一块大石头重重地砸了一下,很痛,以后,我晚上常常睡不着觉。"

"你讲的到底是谁的故事?"陈青问。

"就是我自己的故事。"老赵答。

"是真的吗?"

"是真的。"

"那你准备怎么办?"

"我想好了,我准备用今年的十五天公休假,去国外找他,当面向他忏悔……"老赵用一种坚定的眼神看着陈青。

陈青低下头,过了好一会儿,他又重新抬起了头:"检察官,我……我也要忏悔……"

朴树下

猫的叫声在这个远东大都市清晨的雾气里行走,带着凄凉穿越一扇扇窗户。

一个叫妮妮的女孩在梦中被惊醒,她推开窗,眼前只是一片白茫茫。可猫的叫声还是一声紧接着一声向她扑来,于是她随手拉了件衣服就赶紧出了门。

等　候

声音越来越近了，可声音怎会从天上传下来呢？这时她不由想到刚才在床上做的一个梦，梦里许多人都坐在这块草坪上，在她的旁边坐着一位白发老人。老人始终表情古怪地抬头仰望着天空……

雾开始散去，天也已大亮，她眼前是一棵比她家三层楼房还要高的朴树，在朴树顶端枝梢上，有一只黑白相间的小猫，因为下不来所以它在惊恐地叫唤，她站在树下无助地看着那只小猫。

不知什么时候，树的周围开始聚集起一些晨练的人，她看到了希望，她向每一个人祈求，快救救它吧，多可怜的小猫。于是有人开始爬树，有人拿起电话求救，这下动静大了，先是"110"来了，紧接着"119"来了，最后市电视台的转播车也到了，主持人用充满感情的语调做起了现场直播：电视机前的观众朋友们，这只在树上被困了十几小时的小猫牵动着无数人的心。现在，消防战士正踏着云梯，一步步接近小猫……

她被眼前这一幕深深感动，眼泪情不自禁地流了下来。消防员的手已经抱住了小猫，树下人群里也爆发出了非常热烈的掌声和欢呼声，这掌声和欢呼声不知是惊了小猫还是鼓舞了小猫，只见它突然从消防员的手中跃起，在朴树的树梢上跳跃，然后又跳到了另一棵树上，转眼就消失得无影无踪了。

尽管故事没有像妮妮原来想的那样结束——消防员小心翼翼地将猫从树上抱下来，然后交到她的手里，可她还是被那天人们对猫的友善所感动，同时为猫的下落而牵挂。从此，她经常会有意无意地走到那棵朴树下，去的次数多了，她发现有一个白发老人也时常会坐在那棵朴树下。

这天，她又来到了朴树下，那个老人已经先到了，本来她想待一会就走的，可天忽然下起了雨，她只能坐在树下避雨，雨越下越大，整个天空都是灰蒙蒙的，她一下有种要对人倾诉的冲动，于是她走到老人身边问：老人家，您知道在这棵树下发生的故事吗？是关于一只猫的故事，没等到老人回答，她就滔滔不绝地开始了讲述……

听完她的叙述，老人问她：姑娘，你知道很多年前这棵树下发生的另一个故事吗？那年我看见我的一个战友被吊在这棵树上，我四处喊人，可没有一个人来帮我。

为什么没有人来帮助您呢？她觉得不能理解。

因为人们都怕。

那他是好人吗？

当然是。

雨还在下，妮妮又开始想她的小猫了。这是2007年4月一个周末的上午。

等 候

白兰花

每次我走过街边的花店，总免不了朝里面的鲜花看上几眼，心想会不会有白兰花呢？可每次都会很失望。其实我也知道，白兰花是不会出现在花店里的，而且我也不是在花店里认识它的。

那是二十多年前的一个黄昏，我下班后去一家百货公司买东西，这家公司坐落在已经繁华了百年的淮海路（旧名霞飞路）上，当我经过一个弄堂口时，感觉有一缕香气飘来，香气自然清幽，还夹带着一丝暖暖的甜味，这显然不同于平日里空气中弥漫着的各类人造香精。

于是我开始寻找，在弄堂口我看到了一个六十来岁的妇人，她坐在一张小板凳上，跟前放着一只竹子编织的篮子，篮子里铺着一块蓝条白底的湿毛巾，在毛巾的上面排着十几朵奶白色的小花，它两三厘米长，体型纤细，却散发出一股沁人心脾的香味。

阿婆，这是什么花？

白兰花。

哦，白兰花，这花真好闻。

嗯，这可是最迷人的花香。

老妇人说话的声音还有她的笑容，都显得特别优雅，完全颠覆了我平日里对街头摆摊者或者一般市民的印象，我被她所吸引，便站在一旁默默地看着她卖花。

这时走过一对青年男女，女的问男的，老公，这是什么花，这么香？

男的说，我也不知道。

于是他们蹲下来问老妇人，当知道这叫白兰花时，男青年显得异常兴奋，哇，这就是白兰花！我看过几部三四十年代的上海老电影，里面都有在街头叫卖：栀子花、白兰花。这叫声又嗲又糯，每次看完电影，这声音还在我脑子里转。

老妇人微笑着看着他们俩，嗯，白兰花在这座城市里被人欢喜的时间啊，已经超过了我的年龄。

女青年对男青年说，老公，我要买。

好的，阿婆，这花多少钱一朵？

难得你们年轻人欢喜，就送给你们啦！

说完，老妇人从篮子里挑选出一朵白兰花，小心翼翼地把拴在花上的铁丝弯成一个钩子，将花轻轻地挂在了女青年胸前的扣子上，随后还送上一句祝福，祝福你们俩像白兰花一样美好。

眼前的这一幕也让我感受到了生活的美好，我的眼睛不禁有些湿润了。告别了老妇人，我的心情却有些沉重，

等　候

如果不是生活拮据，一个六十多岁的老人会坐在弄堂口卖花吗？可照她这样的卖法，一天又能挣几个钱。

我开始有意无意地路过那里，然后买一朵白兰花。不久的一天，我和一位经营宾馆的朋友聊天，他说他想打造一家体现这座城市文化风貌的酒店，问我有什么建议。我说可以在每个房间里放上一朵白兰花，并且告诉客人，这是这座城市的味道。朋友听了说，好像有点道理，可以试试。我说花由我来提供吧！朋友笑，这点小生意你也做。

我把这一消息告诉了老妇人，她的脸上还是那么优雅的平静，这样好吗？这有什么不好，不是为了宣传我们城市的文化嘛！老妇人终于同意了。

明天您先准备二百朵花吧，我和您一起送过去。不麻烦你了，我自己去吧！第一次我还是陪您去吧，我坚持道。老妇人见我这样的态度也就只好答应了，我们说好了第二天中午我去她家接她。

第二天中午，我按照她给我的地址找到了她的家，这是在市中心区域的一排老式洋房，应该也有六七十年的历史了，推开她家的门，客厅的设计和家具的摆设全是欧式的，我想到了这里原来是法租界，这显然不是一个生活拮据的家庭。她让我坐到沙发上，给我倒上一杯白开水，充满歉意对我说，真对不起了，我先生走了以后，家里已经不备咖啡茶叶了。

为了打破尴尬气氛,我问她,您怎么会想到去街上卖白兰花?

她沉默了片刻说,记得小时候我看见妈妈穿的旗袍上总是别着一朵白兰花,白兰花的气味就像是妈妈的气味,然后整个城市好像也是这个气味,所以我就迷上了白兰花,从我上小学读书到开始教书,每天都会佩戴一朵白兰花,直到有一段时间白兰花从这座城市消失,好在白兰花现在又回来了。

喜欢白兰花就需要辛辛苦苦地在街头卖白兰花吗?

我是想叫更多的人能够欢喜,还有,我感觉拿卖花的钞票去帮助失学儿童,要比拿其他钞票更有意义,也更让我开心,侬讲是哇。

将军的故事

那一次我与一位我所尊敬的法学教授闲聊,聊着聊着不知怎么我会提到那位将军的名字,教授当时就显得特别激动,接下来的一下午我就是听教授讲故事,讲的全是关于将军也就是他父亲的故事。

尽管教授讲了将军的许多往事,不过能让我记住的好

等候

像就是这么两件事。

第一件事：将军出生在闽北的山里，他七岁那年，在郭财主家做长工的父亲得肺病死了。母亲草草埋葬了父亲，只好又到郭财主家做了用人。母亲没钱供将军读书，又怕将军一个人在家闯祸，便把他带在身边。

将军十二岁的那年腊月三十，郭财主女儿的什么东西丢了，又哭又闹的。郭财主的老婆便气势汹汹跑来追问将军的母亲，还没等母亲解释，将军拉着母亲的手就朝外走，他对母亲说，妈，她们太欺负人了，我们不做了，回家去。

回到家，家里什么也没有，母亲站在那里垂泪，将军一声不吭去河里提了一桶水倒进铁锅里，然后又找来树枝塞进灶肚里点燃了火。母亲对将军说，傻儿子，家里啥也没有，烧水做什么？

将军说，妈，我要让村里人都看见，我们家的烟囱也是冒烟的！

第二件事：将军十五岁的时候，有一支队伍开进了山村。当队伍进了村，郭财主一家人便跑得没了影。将军便觉得很开心，就想参加这支队伍。于是将军就去找了这支队伍的头儿，一个大家都叫他马营长的人。那个叫马营长的人听了将军的要求啥也没说，摇了下头就转身走了。

队伍第二天一早就开拔了，走到午时，马营长突然发现将军一直悄悄地跟在队伍后面，望着满脸泥、满身汗的将军又摇了摇头,说,你这小子真倔。

将军就这样参加了队伍。参加队伍的将军先是学吹军号,是跟一个比他大两岁的兵学,马营长把吹号的兵叫过来对将军说,这是司号员林根祥,你就叫他小林同志。可将军从来不叫他小林同志,管他叫哥。

队伍一路从福建走到江西,路上不断与国民党军队遭遇,队伍采取的策略是打得赢就打,打不赢就走。

队伍进入江西的第三天午后,又突然与国民党军队遭遇了。双方似乎都没有准备,国民党军队的人数显然要比将军这支红军队伍多得多,将军的队伍眼看有些支持不住了,这时马营长跑过来对司号员大声说,快,吹撤退号。

司号员接令身子一跃想吹号,就在这时不知从哪里飞来一颗流弹击中了司号员的胸口,司号员倒下去了,将军扑上去哭着喊哥,可司号员再也没有答应。

将军抹了把眼泪,抓起军号猛地跳了起来,使足全身力气吹响了军号。国民党军队被击溃了。

第一次在战场上吹号的将军居然因此立了功,因为将军吹的是冲锋号。

许多年以后,已经离休的将军有一次跟他的儿子也就是教授说起这事,他说,当时我就想着要把号吹响,哪还记得清是吹冲锋号还是撤退号。

等候

士兵与猎手

1944年冬,中国黑龙江小兴安岭。

一个日本士兵端着枪,在冰雪覆盖的山林里穿行。

忽然,他弯下腰在雪地上寻找着什么,终于,他又看见了两排漂亮的梅花印,于是兴奋地朝前追去……

又一天清晨,当他走出兵营撒尿时,在雪地里意外地发现了梅花印,他不禁一阵狂喜,因为很小的时候,父亲就曾告诉过他,这梅花印代表着什么,当年他的父亲在南洋做生意时,最高理想就是想得到留下这梅花印的百兽之王。可最后的结局是,他父亲没有得到这百兽之王,而百兽之王得到了他父亲。此时,他觉得是实现他父亲遗愿,或者说是替他父亲报仇雪恨的机会来了,尽管这是中国的东北虎,根本与南洋的爪哇虎无关。

在另外一片林子里,一个鄂伦春族的年轻猎手也在追赶一只东北虎。

鄂伦春人世代以打猎为生,日子过得倒也自在,可自打来了日本人,这森林里的动物好像知道了要大祸临头,一下都消失得无影无踪。今天,当他在雪地里发现这排梅花印时,他不知道有多兴奋,这虎皮虎骨虎肉,意味着全家半年的吃用。

起风了,风将天上的雪、地上的雪刮得满世界飞舞,除了雪,别的一切都变得模糊不清了,而一个日本士兵和一个鄂伦春猎手,还在苦苦地追逐着那些神秘莫测的爪印。

已经是第三天了,饥饿和劳累使得日本士兵眼前的树木开始不断晃动,就像他跟他的部队向中国的老百姓扫射时,那些老百姓也是这样晃着晃着倒下去的。突然,一种从未有过的恐惧感向他袭来,莫非这些梅花印原本就是中国人设下的陷阱。

鄂伦春猎手尽管年轻,可除了老虎,小兴安岭几乎所有的野兽都被他的猎枪击中过。打猎对他来说是件非常轻松愉快的事,可这一次好像不同寻常,奔走了三天,他竟一点也无法预料结局将会是怎样。

第四天,天空突然放晴,阳光下的兴安岭银装素裹,显得纯净安宁。

日本士兵又走出一片树林,突然,他看见前面不远的山顶上有两只色彩斑斓的东北虎,此时两只虎相拥在一起,一只虎眯着眼,温顺地躺着,而另一只虎不停地在它脸上咬着啃着。这使日本兵想起家里两只可爱的波斯猫,可仅仅是一瞬间的犹豫,他又举起了那杆"三八枪"。

当鄂伦春猎手钻出另一片树林时,他被眼前的场景所震慑,他听老人们说过,动物里老虎的相亲相爱是最不容

等　候

易看到的，对于雌虎来说，一次怀孕生育的痛苦，足以使它这辈子都不想再来第二次，而雄虎的痴情，总能让它抵抗诱惑，不再想去另找新欢。他还听老人们说，见过老虎亲热的人，会有美丽的爱情。看着眼前的场景，他小心翼翼地放下了猎枪。

"叭咕"，一声刺耳的枪响打碎了天地间的宁静，下面那只东北虎的额头上顿时流出殷红的血，在阳光下，这血格外鲜艳，它努力挣扎着站了起来，却又马上倒了下去，它痛苦地在雪地上翻滚，洁白的雪上留下一片鲜红。终于，它又站了起来，纵身一跃，跳下山崖，另一只东北虎一声长啸，也跟随着一起跳下崖去。

日本士兵被眼前发生的一幕惊呆了，枪掉落在雪地上。等鄂伦春猎手弄明白刚才发生的一切，他愤怒地从地上捡起猎枪，将枪口对准了日本士兵……

到了1984年的春天，一位日本老人从日本的北海道来到中国的小兴安岭，他是来寻找一位鄂伦春猎手的。

战争谜语

我写小说从没想过要树个什么标志,逮着啥就写啥,所以有评论家说我的小说是人间百态,我也挺受用。可细心的朋友稍一留神,就会发现我的小说题材竟然缺了一个大类,那就是与人类相伴至今的战争。

说老实话,本人虽没亲临过战场,可要想编一两个打仗的故事还是跟玩儿似的。记得几天前的一个星期天,我随妻子回娘家,可把岳父岳母乐坏了,尤其是刚离休在家的岳父,见我来了,竟然第一次亲自跑到街上买了一瓶洋河大曲,然后郑重其事地对我说,咱俩对半开。

碰了几杯,不苟言笑的岳父大人脸色红润,竟滔滔不绝地跟我说起了他的过去。他从十四岁参加新四军说起,说到解放战争南征北战,说到全国解放三反五反,大炼钢铁直到"文革"登上革命干部赴黑龙江插队落户的火车……岳父的经历可谓曲折生动,极有可听性。我一边津津有味地聆听,一边不住地偷偷盘算着,这岂不是上好的小说题材吗?

一瓶酒喝完了,岳父说,咱们晚上接着喝。我说不了,晚上还有事呢!其实我晚上的事就是想把刚从岳父嘴里听

等候

来的故事编成小说。

当天晚上,我躲进书房将岳父的革命历史琢磨了一遍,感觉解放战争初期,岳父所在的某部独立团为了牵制敌人,与国民党的一个王牌军在大山里捉迷藏,直至将比自己多六七倍的国民党军队拖垮并消灭于大山之中这段经历最有戏,写出来既弘扬正气,又弥补了战争题材的缺口。

我用了两个通宵,写成了一篇近万字的战争小说,取名《战争游戏》。

写完这篇小说,我一连兴奋了几天。转眼又到了周末,我对妻子说,你爸离休在家怪冷清的,明天我们再去看看他如何?妻子很感动,其实我内心是想向岳父大人展示一下我的得意之作,同时捎带着再骗顿酒喝。

到了岳父家,岳父又显出很开心的样子,乐颠颠地又跑出去买了洋河大曲,还是说对半开。几杯酒下肚,岳父的脸色极红润,又想要说说过去的事。这时我赶紧从口袋里掏出了小说稿说,爸,我根据您说的经历写了篇小说,您给看看,提提意见。岳父放下手中酒杯,便一字一句读起来,读着读着两道眉毛不知怎么就拧到了一块儿,喘气也粗了起来。

终于他抬起头来,用非常冰冷的语气问我,我跟你说的故事里有向导吗?我说,没有。

那你写的小说里怎么弄出个向导来了,嗯?

我连忙解释说,爸,写小说是允许虚构的,只要这些虚构是合情合理的。您想，你们当时为了吸引敌人，千里挺进，到了一片从来没有到过的陌生大山，当然应该找一个当地的向导，这样既有利于同敌人周旋，又可体现军队和人民的鱼水关系嘛！

胡扯！岳父握紧拳头猛击在桌子上，酒杯里的洋河大曲被震得四溅，我被岳父这突如其来的举动惊呆了。

这时岳母跑过来了，老头子，好好地喝酒，怎么发起酒疯来了？这时妻子也过来了，爸，您怎么可以这样呢？岳父一言不发，两眼紧闭，原来红润的脸竟一下变得极苍白。

妻子悄悄对我说，你先回去，我劝劝爸爸。我便仓皇撤退，回到家蒙头就睡。一觉醒来时，妻子刚好从娘家回来，我急忙问，爸究竟怎么了？妻子说，爸哭了。

爸哭了？我又感到非常吃惊。

爸说又想起了那些牺牲的战友，一个团上千号人哪，等到冲出敌人的包围圈走出大山时，仅剩下二百多人。

怎么会这样呢？爸不是说胜了吗？

爸说难道讲被打败了？失败的原因也许仅仅是因为那个向导。

向导？这么说我在小说里写的向导不是虚构的，是确有其人，那老爷子还发什么火呢？

是啊，我也这么想，就问爸。起先他怎么也不肯说，后来又要我发誓，说听完以后一定要保守秘密。

等　候

快说呀，难道还要对我保守秘密？我催促妻子。

爸说，他们部队走进那片大山时，遇到一个农民正在地里挖红薯，他们就请他做向导给部队带路。于是那个农民就带他们走了一天一夜，翻过了两个山头，然后农民说我要回去了，你们就沿着前面那条道一直走下去。到了第三天的傍晚，当部队走到一条山谷里时，突然枪声四起，爸他们的团遭到了伏击……

难道向导给国民党的部队也带了路？

爸说怎么会呢？他可是个地道的农民。

可国民党军队为何这么快包围了他们？

爸说这是他们这些幸存者心中一直耿耿于怀却又无法解开的谜。

我不由得陷入沉思。

这时妻子又说，爸让我给你带句话，说你永远也无法懂得战争，包括他自己。

老胡同志

农历十二月二十九日的晚上，我刚跨进家门，妻子就跟我说，老胡同志来电话了，让我们明天去他家开会。老胡同志就是我的岳父，不知从什么时候开始，我们背地里都这么称呼他。我说，明天本来不就说好上他家吃年夜饭的吗？妻子说，是的，可他特地关照要提前两小时到，先开会。我问开什么会？妻子说，我也不知道。

第二天下午三点，我们几大家子的人马都已经在老胡同志的家里集合完毕，老胡同志这段时间眼睛经常流泪，但他还是很威严地扫了大家一眼。

嗯，为什么一定要今天叫你们来开会，因为有一项重要的决定我不想拖过今年，这两天我看到一篇材料，说当年参加革命的一些老同志，解放后没像我一样进城工作担任职务，而是回了农村，他们都八九十岁了，有人现在还很困难，这些都是我的战友啊！还有，国家正在开展脱贫攻坚战，我这个老头子总不能袖手旁观吧，所以我决定，把我的存款拿出来，一共是一百万。

老胡同志说到这里，又用威严的眼神扫了我们一眼，然后等待着大家表态，可在座的人还没有一个回过神来，歇了一会儿，他又问，大家没什么意见吧？

终于，他的大女儿先开口了，爸，您都九十了，免不了身体有时会不好，您把钱都捐了，以后看病怎么办啊？

我是离休干部，看病不是全报的吗？

可一些好的进口的药是不能报的。

我不搞特殊化，我不需要进口药。

等候

这时儿子说话了,爸,您当了几十年的领导,我可没沾过您一点光吧,可您现在住的房子,三十多年没装修了,总该装修一下了吧,这样您住着舒服,我们带着第二代第三代来看您也会感觉舒服些。

不装修不是也能住吗?都几十年住下来了,还有,你们的孩子在墙上涂涂画画的这些东西,我时常看看还蛮有趣的嘛!

儿媳反应挺快的,马上接过话来,是啊,时间过得可真快,我们孩子的孩子都要上幼儿园了,爸,现在好的幼儿园可贵了……

老胡同志反应也快,我们的后代都该去普通公办的。

妻子开始拉我的衣服,我知道这是她让我出马的意思。

爸,我们现在从中央到地方都讲究要依法办事,可您今天的决定好像与国家的法律规定不是十分一致。

你说什么?老胡同志把眼睛瞪得很大。

爸,您先别生气,听我解释啊,您要捐的这一百万是您和妈这辈子的积蓄,在法律上叫作夫妻共同财产,要两个人全同意了才能捐的。

可你妈已经过世了,怎么同意?

那五十万就成了遗产,由您和您儿子,还有两个女儿共同继承。

什么,什么,我都不能决定了?!老胡同志气得脸都发青了。

妻子见这状况急忙说,先不讨论了,吃饭吧,孩子们的肚子都饿坏了。我赶紧给老胡同志斟满一杯酒,他一言不发,端起一饮而尽,那天晚上,老胡同志头一次光饮酒不说革命历史,最后,他把自己给喝醉了。

第二天早上,我还在睡觉,妻子就把我叫醒,说老胡同志又来电话了,要大家下午一起上墓地去看看妈。我纳闷大年初一又不是老岳母的祭日,怎么想到去看她老人家。

其实,岳母是没有墓地的,她只是在一块纪念碑上拥有一个名字,那块纪念碑是红十字会为捐献遗体的人立的,每年老胡同志带着我们就是对着这块刻有许多人名字的石碑默哀。走进公墓,老胡同志没有按原先的走法先去捐献遗体的纪念碑,而是径直走向了新四军广场,面对着用花岗岩筑起的新四军纪念墙,面对着长长的新四军英烈的名字,这位十四岁参加新四军的老同志,没有像以往那样滔滔不绝地给我们讲故事,而是默默地站立着……

当他来到刻着岳母名字的石碑前,便再也抑制不住自己的情绪,一连大声呼唤着岳母的名字,老泪纵横。

此刻,大家终于明白了老胡同志的心情,碑前一片哭声。

等　候

御　笔

　　大清皇帝中乾隆算是最喜欢游山玩水的，用现代人的眼光来看，可谓杰出的旅行家。乾隆尤爱到江南玩，其中究竟是种什么情结，现已无从查考。按一般老百姓的说法，因为江南有京城所没有的好山好水好女子。乾隆每次下江南，总会给民间留下许许多多风流倜傥的香艳故事，以至人们津津乐道流传到了今天。可我最近听到的这个故事，却令我不寒而栗。

　　那是不久前的一个双休日，我一个人闲着无聊，便驾车一口气开了近二百公里。见不远处有一座山，山上树木苍翠，山腰雾气缭绕，便决定上去看看。往山上走了一个多小时，眼前出现一座寺院，虽然我从来不拜佛，可见了寺院总会认真地进去看一看，因为我非常欣赏寺院里的文化和历史。

　　走进寺院，首先映入我眼帘的是一块黑底金字的匾，上书"昭觉寺"三字。应该说这三个字写得很见功力，但不知为何却给我一种极不舒服的感觉，究竟不舒服在哪里，又一时说不出来。

　　这昭觉寺与别的寺院也没什么两样，照例是前殿供奉

弥勒佛，两旁分列四大天王，正殿大雄宝殿上仍是释迦牟尼端坐在莲花座上。释迦牟尼像前亦和别的寺院一样放着一个功德箱，供善男信女们捐款行善。

我虽然不信佛，也掏了十元钱放进了功德箱。于是坐在边上的一位老和尚便使劲地敲响了钟，也许是好久没有人进香的缘故，老和尚竟特别来劲，将钟敲得十分响亮。

等钟声停了，我问老和尚，师父，这寺里烧香的人为何特别少呢？老和尚听后脸色阴沉，口念"阿弥陀佛"。我见老和尚不愿讲，便又一次追问，老和尚终于开了口。

这要怪就怪乾隆皇帝。

乾隆皇帝？我大吃一惊，这乾隆离我们现在都二百多年了嘛！

施主你可知道，这二百多年来寺院就没有兴旺过。

这究竟是怎么一回事，您一定要说给我听听。

施主，你容我慢慢说来。这昭觉寺建于北宋政和年间，当时香火一直非常旺盛，到了清朝乾隆十二年，有一天接到圣旨，说是乾隆要来寺里拜佛，智明住持立刻率众僧人出山门迎候圣驾。

等了两个时辰，山下果然来了一群人马，前面是手执刀、枪、剑、戟的御林军，后面是三顶紫金黄罗伞盖，每顶伞盖下都有一个身穿黄龙袍、头戴紫金冠的"皇上"，而且三个"皇上"竟一般高矮，脸也长得一模一样。这下大

等　候

家都傻眼了，怎么一下跑来了三个乾隆皇帝？只有智明住持不慌不忙，径直走到第三个皇帝跟前说，昭觉寺住持智明叩见吾皇，万岁，万岁，万万岁！

乾隆的脸上顿时尴尬得很，他想发作又不好发作，于是问智明住持，法师，你如何知道朕便是皇上？

智明住持说，贫僧只是遵照天意也。

乾隆的脸上又有了一丝笑容，法师真是慧眼，朕这次下江南，一路上不知骗过多少地方官员、黑白两道人物，可最终还是没有躲过法师的慧眼啊！

智明住持说，皇上一路劳累辛苦，是否进小寺歇息片刻？

乾隆说，正是，朕还要向法师请教一二。于是智明住持将乾隆引进自己的禅房，两人在禅房里谈了半天才出来。

临走时，乾隆对智明住持说，朕要亲手为法师题写寺名。

智明住持立刻叫人拿来笔墨，乾隆从智明住持手中接过笔来，漫不经心地朝铺在桌上的宣纸看了一眼，然后随手写了"昭觉寺"三字。写毕乾隆对智明住持说，三天之内，你将朕题写的寺名制成匾悬挂起来，朕会派人来验看。

乾隆走后，智明住持将乾隆的御笔拿回房里，整整看了一夜。

三天后，乾隆果真派人前来验看，当他看见御笔已挂在寺院大门上，便说要见见智明住持，寺里有人便去通报。

来人走进智明住持的禅房时，见智明住持神态安详地坐在蒲团上——法师圆寂了！

听完老和尚的故事，我的心情非常压抑，当我离开昭觉寺时，不由得又回过头来看了一眼乾隆的御笔，忽然我感觉有一股寒气从脚底升起……

一片苍茫

白生要去茫县做知县，离京赴任前去恩师大学士多举府上辞行。多举待白生坐下，便让人端上一盘水果，问白生，你可识得盘中为何果？白生细细打量一番，说，状如梨，可梨有皮，或黄或青，此果似乃无皮，白如雪，透如水，学生真不知谓何方仙果。

多举抚掌大笑，说，这亦是梨，名晶梨，就产在你要去的茫县。说完他拿起一只递给了白生，白生接过梨，左看右看竟不忍下口。多举说，快尝尝，味道如何？白生这才小心翼翼地张开嘴，可还没等他使劲咬下去，就听一声脆响，一股清香扑鼻，一股甘甜沁脾。

白生情不自禁叫道，好梨好梨！多举说，当今皇上和

等 候

皇后皇妃娘娘们，还有满朝文武就爱吃这种梨，茫县可是个好地方哟！白生慌忙叩谢，誓言学生一定不辜负恩师的厚望。

从多举府上出来，白生便起程赶路，此时正是烟花三月，一路春色诱人，可白生只顾着赶路，也没心思看风景，于是很快便到了茫县。

此时，一班县衙的幕僚和当地的乡绅名士早已恭候多时，一阵寒暄以后便请白生到鸿运楼喝酒。盛情之下白生也不好再推托，酒过三巡，店小二端上一碟水果，白生见是苹果，便随口问道，咦，茫县不是产晶梨吗？小二面露难色，禀大人，我们店里没有。白生说，你们不要以为这土特产就不值得稀罕，其实，我就喜欢入乡随俗。

这下店小二急了，禀大人，这晶梨如今实在是想买也买不到的。白生好生奇怪，便问坐在身旁的县丞汪过。汪过立刻端起酒杯说，我等还是一起敬白大人一杯吧！白生稀里糊涂地就喝了一杯，接着众人又轮着敬，酒足饭饱，已是掌灯时分，白生倒头便睡。

一觉醒来已是第二天早上，白生赶紧起来升堂，新官上任，自然要像模像样地审几件案子。可白生在堂上正襟危坐了一整天，竟不见一人来告状，而且一连三天都是如此，白生不免生出些感慨，你明镜高悬，可没人来让你照，你也是奈何不得。

到了第四天，白生才升堂便喊退堂，然后换了便服一个人悄悄出了县衙门，策马朝乡间跑去。茫县多丘陵，自然多梯田，举目望去，但见层层叠叠的梯田此时一片雪白。等马跑近，白生看到一株株一人多高的梨树枝繁叶茂，盛开着小白花，更有无数蜂蝶翩翩起舞，煞是好看。

白生看得如痴如醉，连连赞道，美景美景。

这时不知从哪儿跑出一男童，上前来怯怯地看了白生两眼，便又转身去捉蜜蜂，当他捉到蜜蜂便立刻将它撕成两段，随即放到嘴边贪婪地吮着。

白生问，你吃什么？

男童答，蜂蜜。

白生说，可这小生灵却被你无端杀死了。

男童说，我肚子饿。

白生生气了，饿你回家吃饭呀！

家里没有饭。

白生这才注意到眼前的男童竟是如此瘦弱。

白生随着男童到了他的家，这是一溜儿几排东歪西倒的茅屋中的一间。推门进去，白生一惊，四壁空空，只有土炕上躺着一个须发皆白的老头。白生问男童，这是你爷爷吗？男童答，是我爹。白生又是一惊。

从男童家出来，白生又走进了另一间茅屋……当白生离开村寨时，心沉得如同铅坠，抬头西望，残阳如血，遍

等候

地的梨花也是殷红殷红的。

你别看这晶梨雪白雪白的，可在我们百姓眼里它可是血红血红的。

按理说每户上缴一筐梨给朝廷也算不得什么，可你知道吗？这晶梨有多么刁钻古怪，三亩地一颗粮食没种，全种了梨树，也就只收到一筐好梨。

你问我这日子是怎么过的，挑剩的孬梨到外边换得半年的杂粮已是大幸，其他日子就靠要饭了。

到了县衙，白生将县丞汪过叫到书房，阴沉着脸问他，汪大人，你可知道百姓为梨遭的罪吗？汪过说，知道。白生说，该想个办法。汪过说，白大人，您把梨伺候好喽，早一些像您的前任一样升迁了，自然是最好的办法。

白生沉默无语。

时间过得飞快，转眼已是金秋十月，晶梨收获的季节，衙门上下忙得不亦乐乎，梨总算收齐了，全装了船。按以往的习惯，该由县丞押运进京，临发船时白生对汪过说，这一趟就不劳你的驾，我自己去。汪过以为白生想邀功，自然相让。

一月有余，运梨船终于回来了，可白生没有回来。汪过想，白大人一定是荣升了。又过了数天，来了个新知县，汪过这才从新知县的嘴里知道了白大人的事，顿时惊出一身冷汗。原来白生送到朝廷的梨竟是又酸又硬，皇上才咬了一口,梨没有咬动,却将半颗圣牙咬落。于是龙颜大怒,将白生打入死牢。

腊月二十八,皇上又下圣旨,让茫县砍去所有晶梨树,从此不得再种。

百姓欢呼,个个操起砍刀就往自家梨园里跑,进了梨园人人大惊,寒冬的梨树上竟又挂满白花……

京城里,白生被推出午门,天地一片苍茫。

万先生与方女士

不知道哪位名人说过,人与人的关系,距离远了太冷,靠得太近又有刺。夫妻之间,可谓最接近的,自然就容易生出些"刺"来。

比如这一对,女的姓方,当然是方女士,男的姓万,该称万先生。方女士是某某医院的麻醉师,因为她聪明好学,年纪轻轻的就在医院里有了名气。于是,她就有种青年得志的感觉,手术后回到家里总喜欢在万先生面前畅谈今天又采用了什么什么麻醉新方法,效果又是如何如何好,完了,往往还会用遗憾的语气补上一句:"唉,你又不懂,跟你说了也是白说。"可她下次照样还是会说。

等 候

这种反复的刺激终于使得万先生有些沉不住气了，便反唇相讥道："那么我搞的法律工作你懂吗？"

方女士立刻回敬："我懂医学你懂法律，至多是一比一打个平手，你这个大丈夫并不比我高明呀！"

听了方女士的这句话，万先生岂肯罢休："那你历史地理知道多少？丝绸之路从哪儿到哪儿？马可·波罗什么时候到中国的？鉴真和尚又是在哪儿下船去日本的？"

"哼，这种东西，懂了又有什么用？本人不屑回答。"方女士的这种战略，使得万先生的进攻再也无法向纵深发展。

后来，因为工作需要万先生经常要出差，两个人便是聚少离多，于是这种磕碰也就几乎绝迹了。再后来万先生结束了在外奔波，于是两人又重新厮守在一起，日子一久，难免"刺"又萌生。

这天，方女士回来得很晚，一到家，就抑制不住兴奋对万先生说："今天开胆，照规矩麻醉进针应在第八胸椎，我来个第十胸椎，不料效果特好。"说到这里，她冷不防又冲出一句："喂，你知道第十胸椎在哪里吗？"这无疑是战斗的信号，万先生只得慌忙应战，武器嘛，倒是现成的。

"你知道上海到成都坐几次列车？"

"182次、190次直快。"

居然给她答出来了，万先生感到有些意外："请问，两趟车走的是同一条线吗?"

"不是,182次走陇海线、襄渝线、阳安线;190次走陇海线、宝成线。"

又给她答上了,万先生有些发急了:"你说,两趟车都经过哪些省份、哪些城市?"

"它们都先经过江苏的苏州、无锡、南京,安徽的蚌埠,河南的郑州,然后在洛阳分开。182次再经湖北襄樊、陕西安康,到四川成都;190次再经陕西西安、宝鸡到四川成都。"

方女士的回答如行云流水,万先生好一阵发愣,似乎坐过这两次火车的不是他而是方女士。

不过,他岂肯轻易败下阵来,他还要做最后的挣扎:"你知道两趟列车的运行路线全长各多少公里?"

"182次全长2620公里,190次全长2351公里。"

"哼,笑话,连我都不知道,你会说得清楚?还不是胡编乱造!"万先生冷笑道。

可方女士仍不动声色:"不信你自己翻火车时刻表。"

当万先生一翻开火车时刻表,顿时目瞪口呆,竟然一公里不差!

这下他终于全线崩溃,半响才缓过劲来:"你……你怎么如此精通?"

这时方女士从床底下拿出一卷纸和一本小册子,万先生急忙接过来看,是一张中国地图和一本火车、轮船、飞机的时刻表。

"你怎么突然研究起这些玩意儿来了？"万先生问。

"这叫急用先学嘛！"

"难道你能猜到我会考你这些东西？"

方女士不语，而是用幽怨的目光看着万先生，看得万先生又低下头去看地图。他忽然发现，地图的一些地方全用红铅笔勾过，再仔细看，凡是红铅笔勾过的地方竟然全是他出差走过的地方！

顷刻，万先生明白了一切，于是情不自禁地冲上去，对准方女士的秀脸狠狠地一连"啄"了几下。

妻

许多年前的一个晚上，那时我跟妻子还在恋爱的初级阶段，我曾问她，在这世界上你最喜欢什么？妻似乎没做任何思索就说，我最喜欢孩子。这年的秋天，我就跟妻子举行了婚礼，然后好像是一眨眼的工夫，我们的儿子就来到了这个世界。

当我走进医院产科病房，妻正抱着儿子激动得泪流满面，她见了我便一个劲地说，看，这是我们的儿子。

这时护士进来了,她从一个个产妇手里抱走了婴儿,因为按院里规定,除了喂奶,婴儿都要集中到婴儿室的。

护士走到了妻的床前说,胡医生,把孩子给我吧(妻就在这家医院工作,护士自然是认识她的)。没想到妻说,不好,孩子不能离开我的。护士只好将护士长请来了,护士长连哄带骗劝说了半天,妻依然说,不好。于是护士长拉下了脸说,这可是院里的规定,我们也不好办。妻说你们就如实向院长汇报,要罚要处分我一个人担着。可直到妻出院,院长也没来过。

几个月的产假很快就过去了,那天妻要去医院上班了,临出门时,儿子在他奶奶的怀里大哭,妻也是泪眼蒙眬,一步三回头,那场面极像是生离死别,而且以后几乎每天都要重演这样的场面。

随着儿子渐渐懂事,妻上班他也不再大哭大叫,妻就开始教他认识钟表。妻拿来一只钟对儿子说,等到上面的长针短针指到这儿,妈妈就回来了。

于是儿子就不停地看那只钟,等到指针快指到这儿了,他就去搬一只小矮凳坐到楼梯口等妈妈。认钟点,这是我们家对儿子最早的智力开发。

儿子上幼儿园了,接送自然是妻子的专利,等到儿子上小学了,妻子照样接送,乐此不疲。我就对妻说,我们县城就这么大一点地方,儿子又不是不认识路,有必要这

等候

样接来送去的吗?

妻瞪着眼睛反问,如果儿子有个什么闪失,你负得起这个责任吗?

这样的接送一直延续到儿子读五年级才结束,因为我觉得困在这个小县城里已经没有多大的意思,所以想举家迁到市里一个新的开发区去工作。没想到妻子开始死活都不愿去,可过了没多久,又突然对我说,我们去。我问,你怎么一下想通了?妻说,我看报了,这开发区今后是一个国际性的大都市,我们倒无所谓,可儿子的天地就大多了。

我跟妻子终于调到了开发区工作,可儿子却一时还来不了,因为这里的几所重点学校还在建,儿子不得不暂时留在县城里念书,这下可把妻子忙坏了,早上上班前打电话,下午下班回家打电话,晚上临睡前还要打电话,就是这么打电话,一天到晚见了我还要问,喂,你猜猜看,儿子现在在干吗呢?

一天,妻从医院抱回来一只小猫,浑身雪白,两只眼睛一只蓝色一只棕色,妻说,这可是只纯种的波斯猫。我说你想儿子都想不过来,还有精神养猫。

妻没理我,从此她除了忙打电话就是忙小猫,每天早上,她都要去农贸市场买猫吃的小鱼,买来小鱼要剖腹去鳞洗干净了再煮,下班回来还要用沐浴露给猫洗澡,洗完了澡再用电吹风吹,说是怕猫感冒了。我说一只猫有必要这么穷讲究吗？妻说你懂什么，这是名贵的波斯猫。

波斯猫长得很快，转眼就成了一只大猫，它浑身雪白滚圆，走起路来慢条斯理，还真露出几分贵族相。

这天妻在医院里有手术，所以回来得晚了，她回来先是给家里挂了电话，然后就问我，猫呢？我在屋子里找了一遍，没有。妻急了，赶紧跟我打着手电，到屋外的树丛草堆里找，还是没找到，妻难过得掉下了眼泪，说，都是我弄给它吃弄给它睡的，它跑出去可怎么活呀！

大约过了半年，波斯猫在妻的记忆中淡忘了。这天黄昏我和妻两人在屋后的一条小路上散步，这时，前面不远处有三只猫跑过，妻拉着我就朝猫追去，领头的那只猫似乎感觉有人在追它，停下来回头看了我们一眼，妻立刻激动得大喊：是它，我们的波斯猫！

可还没等我们接近它，它已飞一样地跑了，跟在后面的一只黑猫和一只黑白混杂的小猫也一起飞跑。

想不到它还活着，还有了孩子。

妻情绪激动，一个晚上反反复复说着这句话，竟连儿子的电话也忘了打。

等候

一个男人和两个女人的故事

一条长堤,一湖繁星。

一双男女手牵着手,在堤上走。

男的抬腕看了看表,说,我们该回了。

女的继续往前走。

男的说,天都快要亮了。

女的说,亮就让它亮呗!

男的说,你就不怕被人瞧见?

女的说,我不怕,谁叫你还不去跟她说清楚。

男的忙申辩,我是想说,可就是开不了这个口。

女的说,你知道我爱你有多深吗?

男的说,知道,我当然知道啦,我也非常非常爱你的,可是……

女的说,别可是了,你不说,我去说,为了咱们俩,我就豁出去了。

女的勇敢地跑到男的家里,男的妻子在做饭。

女的说,你知道我是谁吗?

男的妻子说,不知道,可好像在哪儿见过的。

女的说,我是你丈夫单位上的同事。

男的妻子说，哦，你请坐，不过我丈夫每晚都回来得很晚的。

女的说，没关系，我是想跟你说说话。

男的妻子说，也不知发生了啥事情，他回到家里老是不说话，总叹气。

女的说，具体我也不清楚，好像是为了写一本书。

男的妻子说，写什么书会把他难成这样子？写不出来就不写了嘛！

女的说，可他偏想写。

男的妻子说，他到底想要写什么呢？

女的说，好像是写一个男人和两个女人的故事，那个男的从小就想当诗人，可他写了好多年的诗都没成。后来他遇见了一个女孩，那女孩使他有了灵感，他就像火山爆发一样写出了许多许多美丽动人的诗，女孩也被他的诗深深感动了，于是他俩就相爱了。可是有一天，女孩突然知道了他是有妻子的，女孩绝望了，就想死，临死前，她跑到了他的家里，她想将一切都告诉他的妻子。假如他的妻子听了，是送给那女孩一记耳光还是一束鲜花？

男的妻子朝那女的反反复复打量了好一阵，然后灿烂地笑着说，这有什么难写的？要是我的话，我会送那女孩一瓶癣药水。

女的也笑了，为什么是送癣药水？

男的妻子说，因为他身上长着一种很吓人的癣，每晚都要有人帮他擦药水。

女的听了愣了好一会儿，说，谢谢你的答案，我告辞了。

依旧是一条长堤，一湖繁星，可堤上只有一个人，是那男的。

清清的河水

杰回来了，带着国外某著名大学颁发的环保专业博士学位证书。杰又走在这座生他养他的大都市的街道上，呼吸着城市里那种他非常熟悉的空气，可专业的敏感告诉他，空气里有异味。

追着异味，杰来到这条曾经非常美丽，并且穿越整座城市的苏州河岸边，他被眼前黑臭无比的河水震惊了，于是产生了回国以后的第一个创业计划，创办一家专门从事污水治理的公司。

公司要运作，首先要有人，杰决定向社会上招聘有志于环保的专业人才。这天杰面试一个叫瑛的女孩时，杰有种特别的感觉。别的应试女孩无论眼睛眉毛，还是嘴唇头发，有意无意之间总要做一些小小的修饰，可叫瑛的女孩竟是纯天然的，因为这种纯天然在如今已属稀罕，所以反倒引起了杰的注意。杰问，你的学历？瑛答，高中。杰说，我们公司需要治理环境污染的专业人才。瑛说，我想一个搞环保的公司，总得先把自己办公室的环境卫生搞好吧，我就应聘公司的清洁工。杰觉得瑛说得有道理，就留瑛做了清洁工。

杰的公司真是生逢其时，不久市里决定正式启动治河工程，杰的微生物治污方案一举中标，这下杰来劲了，他规定公司的上班时间是八点，可他总是七点就进了公司。

走进公司的杰并不急着跑进办公室，他喜欢站在公司的玻璃门外朝里看，看瑛打扫卫生，这是杰一天中最开心的时候。

杰时常会忍不住问瑛，你原来是不是搞舞蹈的？瑛答，不是。杰说：你扫地拖地板走的可是舞步，一会儿两步，一会儿是三步、四步。瑛便连连摇头，神情显得很紧张。

杰对瑛说，我培养微生物缺个助手。瑛说，可不可以这样，我每天忙完了卫生，就跟你学习培养微生物。杰说，好啊！

这天晚上，杰跟瑛在公司里伺候好那些微生物出来，杰对瑛说，今晚我请你吃饭吧！

杰带瑛走进了一家非常有名的五星级酒店，这里的法

等 候

国菜是全市最好的。杰要了一瓶法国红葡萄酒，点了牡蛎、牛排、龙虾。杰原以为瑛会对这一切大吃一惊的，可他又错了，瑛的神情让人觉得这是她常来的地方。一瓶酒喝完，杰的脸红了，瑛的脸也红了。杰开始说一些动情的话，瑛也是动情地听着。当两人摇摇晃晃走出酒店时，杰抓住了瑛的手说，我送你回家。

到了瑛的家门口，瑛对杰说，你回去吧！杰说，让我进去坐坐好吗？我头晕。走进瑛的家，瑛说，真对不起，这两天正要搬家呢，所以东西堆得到处都是。杰忙说没关系的，就在堆满东西的沙发一角坐了下来。瑛进厨房烧水去了，杰就随手拿起身旁的一本照相簿翻起来，等到瑛端着咖啡出来，杰就问瑛，这些照片拍的是谁？瑛见杰拿着那本相册，脸色一下变了样：不是我，这不是我。那是谁？是……是我姐。

这天晚上，杰回到家怎么也睡不着，这些照片上的人到底是谁？浓妆、艳服，不像是她的风格。她说是她姐，可她填的所有表格社会关系栏里从来没有出现过"姐姐"。而且，她为什么要这么紧张？为什么要否认会跳舞？还有在五星级酒店的表现。是她？可照片上的人长得跟她确实不太一样，难道……她整过容？杰一夜无眠。

第二天上班，杰没有提早去公司，瑛也是尽量避着杰，杰与瑛两人都陷入了非常尴尬的境地。不过，治理污水工程倒是进展顺利，公司培养的微生物大量放入苏州河后，又黑又臭的水开始一天天变清。

这是市里来验收治污工程一期的日子，杰带着公司里所有的人都来到河堤上，看着原来黑如墨汁的河水碧波荡漾，看着原来没有生命的河水里又重新出现了一群群欢乐的小鱼时，杰忽然有种莫名的感动，当河水变得如此清澈、如此美丽的时候，还有必要对原来的模样耿耿于怀吗？

为往事干杯

上海的N县与浙江的M县水接着水，岸连着岸，同在东海之滨杭州湾畔，一条海塘公路穿越两县，在分界处，两县分别设立了一个检查站，专门检查来往车辆有没有将本省本市禁运的物品偷运出去。

前几年，随着形势发生变化，大家都开始讲开放搞活，这样检查站也就没意思了，撤了，可房子还在，N县的白县长与M县的蓝县长一合计，干脆来个扩建翻新，将两个检查站的房子连成一体，开了家酒楼，就叫望海楼。

望海楼建成后，白县长与蓝县长每月都要在此碰一次头，交流感情，洽谈项目，正事说完了，自然还要"便饭"

等 候

一下。

　　这天是白县长做东，白县长说今天天冷，不喝啤酒喝点白的吧！于是白县长跟蓝县长干了好几杯泸州老窖，脑子喝兴奋了，蓝县长就对白县长说，老白，我讲个故事如何？

　　接下来就是蓝县长讲的故事。

　　蓝县长说：在我们 M 县县城北面三十公里有个村庄，村庄里有户人家，姓蓝，祖祖辈辈都种地。到了 1972 年，七十岁的蓝田人生病住进了医院。有一天，他把全家人都召到病床前，说，我这一辈子，就一个心愿未了，我想有两间自己的房。全家人都不理解，说我们住的房子不是自己的吗？他叹了口气说，唉，这房是我们的，可这还是土改时分的，终究不是我手里盖起来的，在我闭眼以前，我想看到自己盖的房。

　　为了了却老人的心愿，全家人一致同意盖新房。很快，砖买来了，瓦买来了，就缺房梁了，可没地方买，没法子，只好自己动手浇制水泥梁。大家你买水泥，他买黄沙、石子，到了最后钢筋却又无处寻觅，大家着急啊，都想在老人闭眼前了却他的心愿。这时老人十八岁的孙子说，我去。

　　他一个人摇着小船从 M 县到了 N 县，走进 N 县县城一家五金店，带着几分胆怯地问，钢筋有卖吗？营业员答，钢筋是不允许卖的，我们只有镀锌铁丝。他又问，铁丝能浇水泥梁吗？营业员答，用8号铁丝就可以。他高兴极了，就买8号铁丝。营业员问，你是M县人？他说，是。营业员立刻得意起来，怪不得我一听口音就像嘛，不卖。为什么？上面有规定，外地人一律不卖。

他对"上面""规定"之类的词，天生就有一种畏惧感，他赶紧离开。可他还有几分不甘心，于是又走进了另一家五金店。他不敢张口，就用手指指铁丝，然后做了个"八"的手势，营业员扔过来圈好的一圈铁丝说，五毛。他连忙掏钱，又做了个"三十"的手势，营业员的头摇得非常快，不行，上面有规定，每次只卖一圈。这下热闹了，他便一家店一家店地跑，县城跑遍了，又到下面的乡镇，每踏进一家商店，就伸出手来做个"八"字，简直就像当年小鬼子进庄问"八路的有"。

白县长听到这里已经笑得喘不过气来，蓝县长也跟着笑，两人笑完了，白县长说，我也给你讲个故事。

就在你买铁丝的时候，我正在广阔天地里大有作为，当时我的烟瘾大，每天抽两包，抽烟要火，那时还没打火机，就靠火柴，可火柴要计划，我每月才两盒，哪里够用。为了节约火柴，香烟一支接着一支抽，这样钱又受不了，后来听说你们M县的火柴不凭票，我就趁队里歇工，跑了十多里地，到了你们县的双庙镇。

我走进一家杂货店对营业员说我要买十盒"自来火"，

等 候

我们都管火柴叫自来火,没料到营业员眼珠子朝我一瞪,没有。这时又有一个人走进来,说,买一盒"洋媒头",营业员什么也没说,拿出一盒火柴给了他。这下我气坏了,跑上去责问营业员,为什么我买没有,他买就有?谁料营业员比我还凶,"洋媒头"只供应本地,你懂不懂?

我无话可说,可我想我总不能白跑了这么多路,便站在那里听来买火柴的当地人如何说"洋媒头"。等我听出了一点门道以后,就躲到一个没人的地方,一遍遍地学着说"洋媒头",直练得口干舌燥,才觉得有几分把握,等刚才那个营业员换班吃饭时,我若无其事地又走进那家杂货店,递上两角钱说,"洋媒头"。没想到营业员看都不看我一眼,就扔过来十盒火柴。

白县长说到这里,蓝县长也笑得前俯后仰,老白,你再来一遍"洋媒头",就用双庙口音说。

白县长说,不说了吧!

蓝县长说,不说了,不说了,干杯吧!

小老鼠

你来啦!

不知跟你说过多少回了,走路就要有个走相,干吗老是要贴着墙脚走?进来就安安静静地待一会儿吧,这么不停地在房间里转圈儿,头晕不晕?

嗅什么,一定是肚子饿了。自己找东西吃去,就在桌子上,看你怎么拿。聪明,先爬到椅子上,再爬到桌子上,哟,小心。

对,烟是不能抽的,茶也不能喝,喝了睡不着,豆奶粉能吃。怎么?想吃又不敢吃,你准是又想起那件不愉快的事了……

那确实是我不好,可我也是"急中生智"呀,你想,那时你才六个月,你妈又要去上夜班,你没有奶吃,当然就哭了。你一哭我赶紧冲豆奶粉给你吃,可你吃了满满一奶瓶,才过十分钟,张开小嘴又要吃,我马上再冲给你吃,可还没等我闭上眼睛,你又哭了。哭得我又急又乱,干脆把大半袋豆奶粉全冲了,这下可好了,你一声不吭睡了一晚上。可到了第二天你什么都不吃了,这下把你妈吓的,急忙送你去医院,医生检查说是消化不良。唉,当你妈明

等候

白了是怎么一回事时,把我好一顿骂哟。

Sorry,儿子。

吃吧,慢慢地吃,不要噎着。我可困了……

咚咚咚,烦人的敲门声。一定又是打扫宿舍楼的老金头,每天这时候,他扫地扫到我宿舍门口,总要敲几下门。他是好心,怕我睡过了头。今天老金头干吗敲个不停?我迅速穿了衣服去开门,老金头见了我就指指地上说,你说有趣不有趣,这小家伙在你门口转着圈儿跳舞,我一脚踩上去,它也不逃跑……

是你踩死它的?

你怎么了?老金头一定是发觉我的脸色很可怕。

你!

我真想狠狠地踩老金头几下,我拔脚跑到办公室,拨通了家里的电话,接电话的正是我的儿子。

儿子,你怎么样了?

爸爸,我正要上学去呢!

儿子,没有人踩你吧?

爸爸,您说什么呀?我听不明白。

儿子,你可要小心,爸爸明天就回来!我使劲对着电话听筒叫喊。

第二天我回到家里,儿子迎上来问我,爸爸,您怎么提早一天回家了?

爸爸想你了，还想送你一件礼物。

哇！这么大一只长毛绒老鼠，要花好多钱吧？爸爸，每次你总是在我生日的时候才送我老鼠的，今天可不是我生日，为什么也要送老鼠给我呀？

不为什么，爸爸就想送只老鼠给你。

河　虾

眼见妻子的眼神离他愈来愈远，殷人心如刀绞。

他一遍遍悲切地呼唤着妻子的名字。终于，妻子的眼睛又亮了一下，然后竟开口说话了。

妻子说，我就要走了，我……我只想对你提一个要求，别忘了，每天给毛毛买……买……妻子还没将买什么说出来就走了。

殷人当然知道妻子要他买什么，儿子长到九岁，妻子几乎也买了九年，每天清晨，风雨无阻。殷人的妻子常挂在口头的一句话是，我们的儿子出生得不容易，他就爱吃个河虾。

妻子走后，殷人果真继承了妻子的遗志，天一亮就拎了个篮子上自由市场买河虾。找了半天才找到一个卖河虾的，殷人问，虾为啥这般少？卖虾的说，如今乡下农药化肥一个劲地猛洒，河虾咋还活得了。

河虾少了，自然就贵，殷人刚买的时候是五元一斤，很快就涨到十元一斤，毛毛每天要吃二两，五元一斤就是一元，十元一斤就是两元，殷人在单位上每月工资加奖金拿一百五十元，买虾用去六十元，剩下九十元就要一分一分计较了。

比如中午在厂里吃饭，他专买一毛五分钱一碗的咸菜猪血汤，用他的话说，吃咸菜开胃，吃猪血补血。

同事们见了起先也没什么，最多有人开个玩笑，说你这叫"深挖洞，广积粮，再找孩子他娘"。

后来有同事几次在自由市场上撞见殷人在买河虾，这下话就难听了，你殷人一个月的工资才够买几斤虾？哪来的钱天天吃河虾？你中午吃血汤就为了掩盖你晚上吃河虾，真阴险。

光说还不解恨，于是检举信就上去了。厂纪委书记脑子还算冷静，说就算殷人想受贿贪污，一个厂宣教科的干事上哪去贪污受贿？

当然，这一切殷人是不知道的，他照常每天一早上自由市场买河虾，中午一碗咸菜猪血汤往饭上一扣，"呼噜呼噜"就下去了。到了晚上下班回家，便精神抖擞地对付河虾，先用剪刀将河虾的须剪了，然后放锅里烧，烧法数年一贯制,一碗清水,一调羹盐,几片生姜,几根小葱,当然在饭店的菜谱上这种烧法还是蛮动听的,叫白灼河虾。白灼完了,殷人还得亲手将一只只河虾的壳剥了,将虾肉送进儿子的嘴里,因为儿子吃河虾虽有数年革命经历,可就是光长经历不长经验,河虾到了他的嘴里先是有滋有味地嚼几下,然后吐出来一些虾壳与虾肉的混合物。

殷人看着儿子很幸福地吃着河虾,也会油然产生一种幸福满足的感觉。这时,殷人就忍不住对儿子说:毛毛,你喜欢吃河虾,爸爸就每天给你买,可你的成绩能不能从班级的二十名以后上升到十名以前,就像河虾似的蹦几下呢?

毛毛一边吃河虾一边就点头,蹦。等期末考试成绩出来了,还是没蹦上去。可河虾的价格却在不断地往上蹦,到了每斤二十五元。好在殷人的收入也在蹦,每天二两还能对付。

到了1997年年初,殷人所在的工厂停产了,殷人也只好回家待岗。到了发工资那天,殷人领到的是二百元的生活费。看着这二百元,殷人的眼睛有些发酸,他再也无法给儿子买河虾了。

回到家,他不知道该怎么跟儿子说,只觉得愧对死去的妻子,愧对儿子,简直是愧做一个男人!

殷人好悲哀,将儿子叫到跟前,极伤心地说:

等候

毛毛，爸爸再也不能每天给你买河虾了。

为什么呢？毛毛吃惊地看着殷人。

因为爸爸现在拿很少很少的钱，买不起河虾了。

为什么拿很少很少的钱了？

因为爸爸的厂里停产，发不出工资了。

毛毛瞪大了眼睛看着殷人，不再问为什么。

毛毛，爸爸对不起你。

爸爸，您别难过，我不吃河虾了。

殷人紧紧地抱住了儿子。

到了年底殷人所在的工厂终于又起死回生了，他又领到了工资和奖金，而且比原来还多。他拿了工资就奔自由市场，这次他一下买了半斤多河虾。

殷人提着虾一进家门就兴奋地对儿子说，毛毛，你看我给你买什么啦？儿子跑上来学着殷人的口气说，爸爸，你看我给你带什么回来啦？殷人一眼看见儿子手里拿的成绩报告单，急忙问，你考了第几名？

全班第三。

真的？殷人大感意外。

国宝老师

国宝从师范大学毕业时唯一的愿望就是能留在上海，后来他的愿望真的实现了，不过不是留在市区，而是离市区最远的一个乡里。

报到那天，他见到的是一个破旧的小镇，简直就跟他家乡的小镇一模一样，可国宝想，这里毕竟是上海的乡下。

在乡里的那所初级中学里，国宝书还是教得非常认真的，从第一分钟开讲到第四十五分钟下课，嗓音从来没有低下去过。

课余，他不是补课就是做习题，到了晚上，整个学校除了看门的汪老头就是他，国宝便平心静气地坐在灯下备课，他的备课笔记做得极规范极有条理，字也写得端正，不像当地的一些农村教师，备课笔记写到哪算哪。就是到了星期天，国宝也没歇着。这么一来，学校领导就大会表扬小会表扬，当年国宝就成了先进教师。

到了第二年，学校又分来了一名女教师，也是外地大学生要求留沪的。打这女教师来了学校，国宝白天上课的嗓门还是那么高亢，可到了晚上，再平心静气地备课是不可能的了，于是他就主动去找那女教师交流备课的心得体

等　候

　　会，交流的时间长了，难免就交流出一些感情来，后来国宝想成家了，成家自然要有个地方来成，学校就千方百计腾出一间教室成了他俩的家。

　　不久，儿子又出世了，可小镇上竟没有一所托儿所，无奈的国宝只好拿出三分之一的工资，请了当地农村的一个老太太给他看儿子，等儿子长到两周岁，国宝觉得儿子挺懂事，就干脆辞了保姆，然后拿出请保姆的三分之一的钱，买来一大堆铅笔和蜡笔。国宝对儿子说，儿子，这些笔你都拿去画吧，画什么都成，只要不出去给我闯祸。

　　儿子还真懂事，拿了笔就往地上画、往墙上画，画些什么国宝也看不懂。这一画就是三四年，也不知画掉了多少铅笔蜡笔，家里的四面墙壁上画了又刷，刷了又画，也不知有多少回。转眼儿子到了上学的年龄，正当国宝为儿子到哪上学犯愁时，好事来了，县城的重点中学缺教师，正好教育局指名调他们夫妇去。国宝一家就从乡里搬到了县城里，儿子也进了县里最好的实验小学。

　　没多久，儿子的老师来家访，她对国宝说，你儿子挺爱画画的。国宝只好苦笑笑。又过了没多久，儿子的老师又上门来家访，她兴奋地对国宝说，虽说你儿子的画有点怪吧，可拿到市里得了大奖。国宝听了又苦笑笑。到了期末，儿子的老师来发成绩报告单，她简直笑成了一朵花，呵，你儿子真有出息，画送到日本又得了一个奖，国宝想这都是些什么奖。

就在儿子频频获"奖"的时候，国宝的好事又来了，学校正式分给他两居室的新公房，去看房子时，妻子说，我们无所谓，儿子的卧室必须好好地弄一弄。国宝说，正是。

他翻遍了他所能找到的有关装潢的全部图书资料，然后构思出儿子卧室的主题思想和基本色调。正当装潢进入高潮时，他又看到一则信息，说从国外进口了一种最新颖的"梦幻"涂料，这种涂料让人看了会产生一种亦真亦幻的感觉，可以极大地启发人的想象力，国宝想儿子不正是需要有想象力吗？于是他毫不留情地将刚刷好的涂料废了，重新刷上了"梦幻"涂料。

当儿子走进他的新卧室时，兴奋得拿起笔来就要在墙壁上作画，国宝见了慌得立刻大喝一声，住手。

儿子不明白父亲今天怎么这么凶，爸爸，我不是一直在墙上画画的吗？

国宝说，儿子，你现在不可以在墙上乱画了。

爸爸，我就想画画。儿子呜咽着说。

国宝心软了，儿子，你真想画画，爸爸就为你创造最好的条件。于是他去买来最好的画笔和纸张，又请来了县里最好的画家来辅导，国宝开始希望儿子真能画出点什么名堂来。

等 候

几个月后,一天儿子哭丧着脸回到了家。国宝问怎么啦,儿子说,年级里画画比赛,我什么名次都没拿着。

国宝安慰道,儿子,你过去画画全是"野路子",现在才是真正的学画画,好好画,一定会有出息的。

可一年过去了,两年也过去了,他再也没有听说儿子在画画上拿过什么奖。

国宝想,这是怎么一回事?

蓓 蓓

蓓蓓五岁。

蓓蓓在幼儿园里上中班。

这天蓓蓓放学回家,在路上听见一个大姐姐在唱歌,大姐姐唱:"河里青蛙从哪里来,是从那水田向河里游来……"

蓓蓓是个聪明的孩子,听着听着就会了,于是她一路唱着跑回了家,回到家,蓓蓓见妈妈正蹲在厨房里洗青菜,就扑上去钩住妈妈的脖子问:"妈妈,妈妈,我是从哪里来的?"

妈妈瞪了蓓蓓一眼说:"傻孩子,你是妈妈生的。"

"妈妈,妈妈,你是从哪里把我生出来的呀?"

妈妈愣了愣："小孩子怎么问这个？"

"我就要问，妈妈，妈妈，你快告诉我。"

妈妈被蓓蓓缠得实在没办法，就说："好好，妈妈告诉你，你是妈妈从嘴巴里生出来的。"

"妈妈，妈妈，嘴巴这么小，蓓蓓怎么能出来呢？"

"傻女儿，你当时才鸡蛋那么大，妈妈嘴一张，你就从妈妈嘴里掉到地上，包在外面的蛋壳碎了，你就从壳里钻出来，然后妈妈就一点一点把你喂养大。"

蓓蓓高兴极了，大声对妈妈说："妈妈，妈妈，我懂了。"

蓓蓓跑到外面去找小朋友玩，遇到了邻居，一个五岁的小男孩松松。

蓓蓓说："我俩玩过家家好吗？"

松松说："好。"

蓓蓓做妈妈，松松做爸爸，蓓蓓说："我再生个娃娃吧！"

松松问："你怎么生呢？"

蓓蓓说："你等着。"说完蓓蓓使劲张大了小嘴巴，过了好一会儿，松松说："什么也没有呀！"蓓蓓说："啊呀，我忘了。"蓓蓓赶紧跑回家，从冰箱里偷偷拿了个鸡蛋。

蓓蓓对松松说："你看着，等会鸡蛋里就会变出个娃娃来。"

等　候

蓓蓓用力将鸡蛋塞进了嘴里,突然,蓓蓓觉得难受极了,想喊又喊不出来,两只小手在空中乱舞。松松吓坏了,慌忙用手到蓓蓓嘴巴里去挖。

鸡蛋碎了,是个坏蛋,又臭又腥的蛋清蛋黄流进了蓓蓓的嘴里,蓓蓓恶心得只想吐,蓓蓓一边哭,一边骂:"妈妈骗人,妈妈是坏蛋。"

蓓蓓再也不想去问妈妈了,可蓓蓓又是个什么都想知道的孩子,这天是星期天,妈妈加班去了,只有爸爸一个人在家里,蓓蓓又想起了这个问题,就去问爸爸:"爸爸,爸爸,我是从哪里来的?"

"笨孩子,连这个都不知道,你是妈妈生的。"

"我是从妈妈哪里出来的呢?"

"这个……"爸爸也愣住了。

"爸爸,爸爸,你快告诉我嘛!"

这时,爸爸正要切西瓜,说:"好,我告诉你,蓓蓓当时在妈妈的肚子里越长越大了,妈妈的肚子就像这只大西瓜,有一天,妈妈说她的肚子好痛哟,蓓蓓要出来了,我就拿起这把刀,在你妈妈的肚子上这么一切,妈妈的肚皮就裂开了,蓓蓓就出来了。"

蓓蓓听得出了神,可她还有点不相信:"爸爸,爸爸,你说的全是真的吗?"

"当然是真的,爸爸什么时候骗过你?"

蓓蓓说："我懂了。"蓓蓓欢快地跑出去玩了。

一会儿，忽然传来蓓蓓和松松的哭声，蓓蓓爸爸冲了出去，只见蓓蓓的小肚皮袒露着，正往下滴着血，松松的手里握着一把水果刀。

蓓蓓被送进医院，缝了十一针。

现在，蓓蓓也已经做了妈妈，有了一个三岁的女儿，女儿长得太像蓓蓓了，连性格脾气都像，蓓蓓跟女儿在一起时就怕女儿提问题，只要女儿一提问，蓓蓓肚子上的刀疤就会莫名其妙地痛起来。

双胞胎

袁大袁二是一卵所生的双胞胎，自然面目长得像，不仅面目长得像，而且思想情绪也相似，不仅思想情绪相似，两人还要时刻黏在一起不分离，所以自打20世纪50年代他俩诞生起，便以一分为二又合二为一的形态生长在这个世界。

因为面目难分，父母决定给他们穿不同的衣服，可每次脱了衣服洗澡时又乱了，于是父母又决定给他们理不同的发型，一个前高后低，一个前低后高。吃饭时两人必须

等候

是你一口我一口,绝对不会多吃一口,也不会少吃一口。出去玩耍,袁大朝河里扔了三颗石子,袁二一定也扔三颗。两人在外面闯了祸,人家也弄不清楚到底是袁大还是袁二,来告状时只能说是你们的儿子,父母问是谁干的,两人既不说不是我,也不说是我,于是父母只能一起打,他俩就一起哭。

时间过得很快,袁大袁二稀里糊涂就算是中学毕业了,然后是知青上山下乡,按照政策,他们兄弟俩一个要去农村,一个可以留在城里。父母与他们商量,两人死死地咬定,要么全去农村,要么全留在城里。父母只得去区里跟管分配的人反映,答复是:全去农村欢迎,全留城里没门。

结果就这样硬生生地浪费了一个金贵的留城名额,袁大袁二全去了农村。兄弟俩再次回到城里已是近十年以后了,在这之前也有过招工上学的名额,但不可能是双份的,所以谁也没有走,父母看在眼里急啊,最后决定双双提前退休,好让袁大袁二顶替他们在同一家工厂上班。

头几年兄弟俩在厂里上班也是踏踏实实的,可不知从什么时候开始,这个昔日的十里洋场又洋气起来了,年轻人都在说着出国的事,袁大袁二也被鼓动得动了心,于是他俩硬是辞职去了日本。

他们先是在大阪的餐厅里洗盘子,后来又去了京都的殡仪馆背尸体,再后来有了一点钱就自己开了一家小餐馆,小餐馆的生意越做越好，两人自然就忙不过来了，于是要招聘两名服务员，这世界也真是神奇，来应聘的竟然是一对双胞胎姐妹，姐姐叫青春，妹妹叫美丽，她俩刚从国内来日本留学，想勤工俭学挣点生活费。

自从姐妹俩来了以后，餐馆的生意更火爆了，你想，两对双胞胎在一起，本身不就是一道吸引人的开胃大餐吗？

随着生意的兴旺，收入自然是翻倍地增加，袁大袁二就劝青春美丽，你们就算念完大学回国去上班，一个月也挣不了多少，不如我们四个人一起干吧！姐妹俩想想也是，便去退了学，搬到了店里住。从此四个人白天一起干活晚上一起数钱，生活过得有滋有味的。

袁大袁二有了钱以后，免不了就会想一些钱以外的事情，况且他们的年岁也不小了，而青春美丽虽然岁数比袁大袁二小不少，可日久生情也是自然的，所以袁大袁二一提出来，青春美丽就应了。

两对双胞胎变成了两对情侣，哥哥和姐姐，弟弟和妹妹。谈情说爱以后自然会发展到谈婚论嫁，四个人都不想在日本安家，所以一致决定回国去，他们将餐厅盘给了别人，便回到了袁大袁二的城市。

要结婚安家当然首先要有房子，找什么样的房子呢？大家很快便达成了一致，两家的房子必须是门挨着门或者门对着门，必须是四室一厅的，因为从遗传基因的角度考

等　候

虑，下一代极有可能还是双胞胎，要准备好他们一人一间房，还要照顾到双方的老人来住，在20世纪的80年代末，这样大的房子还真不好找，可还是被他们找到了。

婚礼在著名的日式花园饭店举行，婚礼一完，新郎新娘入洞房，袁大进房前回过头来对袁二说，弟弟，今晚我们就不能在一个房间睡了。袁二说，好的，哥。

一年后，奇迹又发生了，两对双胞胎又生出了两对双胞胎，袁大和青春生了一对儿子，袁二和美丽生了一对女儿。

袁大看着两个儿子对青春说，老婆，我打算拿钱买两家商铺，这样他们长大以后的生活就不用愁了。

袁二看着两个女儿对美丽说，老婆，我们该好好地培养培养她们，长大了一定要送她们去国外留学。

袁大和袁二的想法开始不一样了。

开　始

多年前，与友人途经南昌，两人不约而同都想到滕王阁去看看。

坐车至赣江边，沿石阶而上，便是江南三大楼阁之一的滕王阁。

走到王勃的千古绝唱《滕王阁序》的碑刻前,友人提议照张相留念,我欣然应允。于是,立正,微笑,摆姿态,友人正要按下快门,忽听有人喊:"先生,等一下,让我陪您照一个。"

我不由回过头去,要和我照相的竟是个蓬头垢面,穿一件已辨不清楚颜色的长衫的瘦削男人。

我不觉又好气又好笑:"我照相干吗要你陪?"

"您这位先生有所不知,您知道我是谁吗?"

"谁?"

"王勃的第五十八代嫡传子孙。"

什么,王勃的子孙,还嫡传?我忍俊不禁。

可"长衫"没笑,还一脸的严肃:"先生,您不信?我可有村里的证明。"说着,他真从怀里掏出一张皱巴巴的纸来。见我看都不看一眼,他耸耸肩,做无可奈何状,随后又从怀里掏出一副楹联。

"先生,这是《滕王阁序》里最精彩的两句,您看,还是王勃的手迹哪,平时我看都不让人看,算咱们有缘。"

"落霞与孤鹜齐飞,秋水共长天一色。"甭说,还真是《滕王阁序》里边最让人销魂的佳句,可字却写得像小学生刚开始练习大楷。

我又冲他笑。

等 候

"长衫"被我笑急了,手又慌忙伸进怀里,来回摸索了半天,摸出一支怪模怪样的毛笔。

"瞧瞧,这笔您见过吗?没有吧?这回您总不会怀疑王勃当年曾用它写过《滕王阁序》。"

我不想再笑,也不想再搭理他。

他见我要走,急忙拦住我,拱着双手哀求说:"先生,我已经一天没吃东西了,您就行行好,随便给一点吧!"

"你为啥不早说呢?"我从口袋里掏出五元钱。

"长衫"的脸一下涨成紫色,耷拉着脑袋嗫嚅道:"其实,我也不想问人讨,可是……"

看他那副窘迫的样子,我突然改变了主意。

"这五元钱可不是送给你的,我是向你买这支笔,我瞧这笔还真有点特色。"

"真的?"那男子抬起了头,显得又惊又喜。

三年后,去南昌开会,于是我又第二次登上了滕王阁。下来后,我看时间还早,便一个人在旁边的店铺前闲逛,无意中,我被眼前橱窗里琳琅满目千姿百态的各种毛笔所吸引,于是走了进去。

柜台前,一群"老外"正津津有味地听一位西装革履的男子介绍毛笔,出于好奇,我也凑了上去。

可那男子却突然不说了,情绪激动地向我走来:"先生,想不到是您呀!"

我被弄得莫名其妙:"您是?"

"我就是那个王勃的……"他向我做了个鬼脸。

"什么,是你?!"我吃惊得瞪直了眼睛,"这店是你开的?"

"是。"

"我真没想到,这……这真是个奇迹。"我也非常激动。

突然,他弯腰向我深深鞠了一躬:"我有这一切都多亏了先生您。"

"我?"

"是的,因为是您买了我的笔,而没将我当作乞丐,我就是从那天开始卖笔的。"

花　匠

谁也不知道他从哪里来。

早春二月的一个清晨,他叩响了傅宅的大门。当时他的手里就提了一只旧皮箱。

他对傅老板说,我是来找活儿干的。见傅老板面有难色,他说他懂点园艺,只想替傅老板打理屋后的花园。

傅老板正求之不得,因为原来管花园的花匠嫌工钱少,

等　候

刚离开傅家高攀去了，傅老板还在为这事犯愁。

傅老板问：你真愿意料理花园？

愿意。他回答得干脆。

打算干几年？

只要你不辞退，想一直干下去。

干这活儿工钱可不高。

工钱无所谓，只要有饭吃，有衣穿，有个地方住就成。

竟有如此便宜的花匠，傅老板一口答应，好，就这么定了，可不许反悔。

他说，自然。

他先用三天时间清理了花园里丛生的杂草，然后对傅老板说，春天我要种杜鹃花。

傅老板说，随你种什么，只要给我弄出点颜色、弄出点生机就成。

他真的在花园里种满了杜鹃花，到了仲春时节，满园开遍鲜红鲜红的杜鹃花，极灿烂极壮美。傅老板每天从花园回到家里，也平添了几分喜气。

夏天来临，他又请人在花园一角挖了一口池塘，种上荷花，于是一枝枝亭亭玉立的荷花，伫立于碧波之上。傅老板见了，竟也情不自禁地吟起："出淤泥而不染，濯清涟而不妖。"

到了秋天，他培育的菊花千姿百态，飘逸潇洒，每当傅老板为生意场上之事而长吁短叹时,他便请傅老板赏赏菊花,想想陶渊明。

冬天,他所栽的蜡梅独步寒风,每逢下雪,他便一个人站在蜡梅树下,挥双掌,走马步,神态极庄严。

傅老板看到这一切,不禁暗暗称奇,于是便对自己雇来的花匠产生了浓厚的兴趣,便有意打听他的身世来历。可他总是淡淡地一笑说,哈哈,我自己也记不清楚我的前世今生喽!

傅老板说,我看得出你是个有学问的人,到我公司去做事如何?

他说,山野之人,只会种花。

时间流过了二十年,花园里除了不衰的杜鹃、荷花、菊花、蜡梅,又增添了许多奇花异草。二十年来,他没有离开过花园一步。

这时候,傅老板因为生意上的需要,准备将公司迁到国外去,傅老板把这一决定告诉了他。

傅老板说,我想将房子卖了,可你放心,花园我是不会卖的。

他感到惊讶,光卖房子,不卖花园,可卖不出好价钱。

傅老板说,我要将花园送给你。

不料他却一口拒绝,我不要。

傅老板颇感意外,这么多年来,你把花园视作自己的

等 候

命根子,怎么又不要了呢?

他答,不瞒你说,这花园过去我也有过,可转眼就没了。其实,世上许多好的东西,即使你不是它的主人,可如果有美好的心境去欣赏它、热爱它,那份快乐和满足也许并不亚于拥有。

可毕竟是别人的东西,光有好的心境有什么用呢?

对于花匠的话,傅老板还是很不以为然。

回 忆

热闹过去了,305号高干病房又重新恢复了宁静。该去了,他想。市里领导来过了,各界有头有脸的人物来过了,就是千里之外家乡的父母官以及老亲老戚们也来过了,妻子和女儿都已经哭晕两三回了,现在不走更待何时呢?还有什么可以遗憾的?政协副主席,某某大学校长,著名的某学家,一级教授,讣告和悼词上一定会写得清清楚楚明明白白的。

他似乎已经听见马克思在对他说,来吧,彻底的唯物主义者是无所畏惧的。他的精神为之一振,聚集了所有力量,想大声告诉马克思,我来了!可话到嘴边又改变了主意：导师，您能再给我一点时间吗？我想回忆一件事。善解人意的导师用慈祥、宽容的眼神表示了同意。

他的眼前开始出现六十年前拥挤、喧闹的轮船码头，即将起航的"伊丽莎白"轮吐着白色的细雾，停泊在黄浦江上。这时，从码头上走来一位身穿黑色学生装，手提暗红色旧皮箱的年轻人，他两眼直视着前方，大步朝轮船的舷梯走去，此刻在他眼前涌动的不再是滔滔的黄浦江水，而是泰晤士河的波澜。突然，他听见身后有个姑娘在喊他的名字……

不，不是这一段！他非常生气地叫道。

镜头又向前推去。他的眼前出现了一条清澈如鉴的小溪，在湘西蓝幽幽的山峦蜿蜒，当小河流过一座村庄时，留下了一潭碧水，每天清晨，当山雾还躺在水面上酣睡的时候，他已经坐在潭边的青石上。他不看水，也不看雾，就看水雾中浣衣的少女……

"是你，一个人来的？同学们呢？"

"嗯，同学们叫我做代表，来送送你。"

"谢谢！"

"在我面前，你可以不用谢字吗？"

"你什么时候从英国回来？"

"等我有了强国富民的本领以后。"

"我，我等你……"

等候

　　错了！和十六岁的山里妹子怎么会有这种对话？应该是……让我想想。

　　"又是你，怎么天天来看我洗衣服？"

　　"我喜欢。"

　　"洗衣服有什么好看的？"

　　"好看，你洗衣服的姿态好看极了，真的。"

　　"不羞，不好好用功念书，一天到晚看人家女孩子洗衣服。"

　　"就看，暑假完了，我也不回城里念书了，就天天陪你洗衣服，好吗？"

　　"那我就不来洗衣服了。"

　　"你不来我也天天在这里等你。"

　　"你……"

　　"自古以来我等你，你等我，演出了多少幕人生的悲喜剧，可在这滚滚东去的黄浦江水里，你能找到它的踪影吗？"

　　唉，又弄错了！他懊丧到了极点，简直无法原谅自己。在人生将要画上圆满的句号时，一向引以为豪的脑袋竟会如此混沌，老是把家乡的小溪与身边的黄浦江搞混，他终于意识到自己的大脑再也无法进行回忆了。他向马克思伸出了手，就在马克思握住他手的一瞬间，他用尽了最后一丝力气问：导师，为什么我的回忆会如此糟糕？

　　马克思以哲学家的深邃目光看着他，你怎么把我最基本的理论给忘了，存在决定意识。

唉，这存在……这是他离开人间时发出的最后一声叹息。

黑白与彩色的世界

吃罢晚饭又躲进书房去写字，还没写上几行，就听外面客厅音乐声大作，吵得我不得不跑出去跟夫人交涉，你能不能把电视机的声音弄小点？夫人眼睛继续盯着电视里几个靓丽的女子劲舞，嘴里说，真没劲。我疑惑，怎么没劲了？夫人言，每天就是上班下班，烧饭吃饭，看电视睡觉，你说有什么劲？我能说什么，我只有回自己的书房。

回到书房我又重新操起笔来，可再也写不出一个字来，于是就只能傻坐着……你说，每天就这么上班下班，吃饭写字睡觉，有多大的意思？唉，脑子一开小差，竟然跟夫人跑一路去了。干脆扔了笔看报，看到第二版，见一张带着黑框的照片，照片上是一张非常熟悉的脸。

这怎么可能呢？这可是我十分敬仰的作家 A 先生，他在无数作品里所表现的那种大智慧、大悲悯总令我感动不已。可他真的就这么走了，而且走得让我们这些活着的人

等　候

如此扼腕叹息，我再也坐不住了，便走到窗前。

也许就是这么一个夜晚，天空非常晴朗，没有风，天幕上挂满了星星，整个宇宙没有一丝声音，先生从那张伴随了他将近半个世纪的写字桌前站起来，轻轻地推开窗子，然后非常从容地一跃，纵身飞向了他一直在苦苦追问的茫茫宇宙。

这天晚上，我也随着先生在天空中神游。

当我醒来，窗外已是碧空万里，先生已不知去了何方，深深的惆怅压着我，我又拿起昨晚的报纸，将先生的那张黑白照片小心翼翼地剪下来，压在写字桌上的玻璃台板下，先生深邃的目光正注视着我。

不知什么时候夫人推开了书房的门，一脸的惊讶，你写了整整一夜的小说？没有，我没写小说，我是在夜空里飞了一晚上。你说什么？夫人一脸懵懂。儿子也进来了，爸爸，今天是星期天，你可要和妈妈一起带我去公园玩。

吃过早餐，我便背上相机跟夫人儿子一起上公园。我们先是爬山，我一边爬山一边不时地看着天空。儿子问，爸，天上有什么呀？我答，没什么。然后我们去划船，一边划我又一边不停地看天空。儿子又问，爸，天上有什么呀？我答，还是没什么。划完船，夫人带着儿子去买饮料。我就在草地上坐了下来，欣赏着眼前一片开得正热烈的月季花。

这时,背后传来了说话声。

妈妈,春天是什么样子的呀?

春天嘛,各种各样的花开了,小草也长出了新的叶子。

妈妈,让我摸一摸花好吗?

我情不自禁转过身去,看见一位年轻的母亲手搀着一个双目失明的三四岁小女孩,她们从我身边走过,在月季花前停了下来。母亲说,孩子,把手伸出来。小女孩便迫不及待地将小手伸过去,在月季花的花瓣和枝叶上不停地抚摸着。

哇,小女孩突然尖叫了一声,她的手显然是被月季花上的刺扎痛了,母亲慌忙将小女孩的手拉回来,问,痛吗?不痛,小女孩大声地告诉母亲。她又对母亲说,让我再摸一摸小草好吗?母亲便叫小女孩蹲下身去,小女孩蹲下后便用手轻轻地抚摸着地上刚长出的小草,脸上充满了幸福。

面对这宁静的画面,我的内心却突然感觉到一种从未有过的强烈震撼,便以最快的速度打开了照相机镜头……

小女孩在笑,笑得非常动人,她在激动地对母亲说,妈妈,我摸到春天了!

公园游玩的照片全部冲印出来了,我觉得给小女孩拍的那张照片是我有生以来拍得最好的,我如获至宝似的将这张彩色照片也放进了写字桌上的玻璃台板下。于是,我的玻璃台板下便有了两张照片，一张黑白，一张彩色。

现在，每当我坐到写字桌前，都能看到黑白世界里先生冷峭出世的思索和彩色世界里小女孩无比灿烂的微笑。

夜泊峨眉

破旧的旅游车摇摇晃晃地在崇山峻岭中爬行，满载着想去追求清凉世界的人们。

暮色苍茫，汽车终于在峨眉山腰的一幢三层楼房前停了下来，司机兼导游用嘶哑的嗓音宣布："大家今晚就在此入住，明天一早上金顶看佛光。"

游客们如难民般挤下汽车，抢着去登记住房。

山里恰好停电，一个来旅游的年轻女子早早地躺在两块木板铺成的床上。山谷里，飘来缕缕带着大自然气息的凉风，山涧中，传来一曲曲泉水的低吟浅唱。她的心里舒畅极了，宁静极了，所有的烦恼和忧愁全都消失在这无边的静谧之中，她睡得很香很甜……

屋外，又有一辆旅游车到来。

半夜，一声凳子倒地的声响将女子从睡梦中惊醒。她觉得灯光刺眼，天哪！床前竟站着一个男子。

那男子两眼直直的,两颊红红的,双手张开在半空。

"怎么回事?"两人几乎同时发问。

"您好。"她尽量使自己平静和镇定下来,竟说出这两个字。她坐了起来。

那男子眨了下眼睛,如大梦初醒般,慌忙应道:"你好。"

"您有事吧?"她已完全不再惊慌,平静而礼貌地发问。他将空中的手放了下来,答道:"我是起床去厕所,想不到来电了……"他很狼狈,又显得很委屈。

"怎么,您也分在这屋里睡?"

"当然,不信你可以去问服务员。唉,真是!"

"不用问,我信。"她向他投去了信任的目光。

"是啊,一停电什么有趣的事都会发生。"看看对面床上打开的被褥,她笑了。

"嘿嘿。"他也乐了。

第二天,她和他随着旅游的队伍一起登上了峨眉的高峰金顶,展现在他们面前的是白的山、白的云、白的雾。他们沉醉在这白色的世界里,仿佛自己也化作了白色的透明。

许久,他突然对她说:"谢谢你,昨晚上没有叫喊。不然……"

"我干吗要叫喊呢?"她故意反问道。

"因为……"他一时语塞,脸涨得通红。

看到他那副窘迫的模样,她忍不住放声大笑。他先是一愣,随后也跟着大笑。

笑声在白色的世界里融化。

生　存

我们就把他叫作男人吧!

男人就读于一所全国知名的大学,学的是中文,毕业后顺理成章地进入了某市某区的政府办公室。男人在学校就是学霸一枚,所以在区区的区府办里写点锦绣文章当然不在话下,男人便觉得工作很轻松,人一轻松了吧就会去想再弄点什么事来做做,男人自然就想到了两件事。

第一件事与生理有关,男人想要一个女人。第二件事与心理有关,男人想写小说。

做这两件事的顺序男人也是分得很清楚的,所谓"大丈夫修身齐家然后治国平天下"。所以男人先是写了封信(也可以叫情书),这封信情意绵绵却又不显得卑微,信是寄给一个叫薇的女人,她是男人大学的同学,根据男人的分析判断,这个女同学在读书时对他还是有点意思的,结果很快验证了男人的判断,三天后男人就收到了她的回信,信中的口吻比他还要热烈,于是她就成了男人的女人。

得到了女人的男人春风得意,自信心爆棚,便决定开始第二战役——写小说,而且他决定不写短的,要写就写长的,没有个几十万字拿不下来,因为他在上大学时就知道什么叫"一本书主义"。就这样男人愉快地决定了写长篇小说,他知道长篇小说可是历史的画卷,可他心中还没有什么历史可言,于是决定去市图书馆里找。

从此,每个周末男人都会坐车上图书馆找历史,女人便在家里洗衣做饭等着男人归来。这样的日子整整过了三年,男人感觉历史找得差不多了,该开始动笔了,便计划着每天晚上能写上一千字,用一年的时间将初稿拿出来。就在这时候,办公室主任将他叫进去并且意味深长地对他说:"年轻人,组织上很看好你喔,要给你压压担子啰!"结果,他原来在单位就能轻松搞定的文字工作,这下还得带回家来继续搞。

每天晚上,男人和女人早早地吃好晚饭,然后男人开始完成办公室的文字,女人开始批改学生的作业。每次男人做完办公室的工作,起身伸个懒腰的时候,女人也恰好批改好作业,随后女人便会走到男人的跟前说:"亲爱的,早点休息吧,小说又不是硬任务,以后再写吧!"女人说这话其实是想提醒男人他还有一项硬任务哪,结婚多年了,

等 候

总该有个孩子了吧!

男人听懂了,可是装糊涂:"你先睡吧,我的小说可也是硬任务噢!"女人便默默无语去睡觉,男人硬撑着开始写小说,写着写着也就睡过去了。

这样的日子男人熬了两年,这天一上班,主任就将他叫了进去,拍拍他的肩膀说:"年轻人,祝贺你,科长的任命批下来啦!"晚上回到家,男人将这一喜讯告诉了女人,女人听完眼里闪烁着泪花:"太好了,我去做几个菜庆祝庆祝吧!"吃完饭,女人含情脉脉地看着男人问:"今晚你就不写了吧?"

男人想了想说:"不行,小说快要收尾了,我要争取来个双喜临门。"

第二天上班的时候,男人总是有些坐立不安,因为他在为这部小说究竟叫什么名字而苦恼,直到下班回家的路上,他望着车窗外来去匆匆的人群时,突然觉得小说应该叫《生存》。

男人想今晚可不要再写了,该放松放松啦!男人迈着轻盈的脚步走进了家门,却发现女人不在。男人给女人打电话,电话关机,给女人的父母打电话,她父母说不知道。男人又给女人学校的校长打电话,校长说,女人因为精神不太好,已经请了一个月的假。

男人崩溃了,他一连三天三夜不吃不喝不睡,可还是等不到女人的任何消息。第四天,男人到单位只做了一件事,递上辞职申请书,然后回家将小说稿一把火烧了,便离家开始寻找他的女人。

告　别

婚后的第一天上班,他要跨出家门时,妻子在他身后叫了一声,他转过身来,充满柔情地问,什么事?妻子含情脉脉地看着他说,你早点回来呀!

婚后的第二天上班,他走到门口,没等妻子叫就转过身来,问,有事吗?妻子的脸上还是依依不舍的表情,说,你应该亲我一下再走。

婚后的第三天上班,他亲完妻子后,妻子对他说,我也要亲你一下。

婚后第四天……

就这样,每天上班前他与妻子的告别仪式越来越完善,时间也越来越长。

待他去外地出差,他与妻子的告别时间已不是在早上临出门的那一刻,而是提前到了前一天的晚上。

这天晚上,他不再像往日那样一个人待在书房里看书

等候

或是写作,而是早早地洗漱完毕,然后坐到床上,在床上跟妻子说话,形式是问答式的。妻子问,你出差了,我想你了怎么办?他回答,我也会想你的,我会每天晚上给你打电话的。妻子又问,你走了,我一个人在家里害怕了怎么办?他就学着那部电影里列宁警卫员的口吻说,噢,亲爱的,不要害怕,粮食会有的,面包也会有的。再接下来,两个人便相拥在一起,不说话了。

这次他又要出差了,跟以往出差不同的是,他将乘坐飞机而不是火车,离开的时间也从早上变成了下午,可是他与妻子的告别仪式还是一丝没变,从前一天的晚上开始。

当他正讲到粮食会有的,面包也会有的时,没想到妻子非但没有像往常那样咯咯地笑,反而是两眼泪汪汪的。他一时不知所措,问了老半天才弄明白,这次妻子并不是为自己一个人在家里害怕,而是为他害怕,因为前几天国外刚掉下来一架飞机。于是他立刻抖擞精神给她分析,从出事故的概率上来讲,其实坐飞机比坐火车、坐汽车更安全,讲完了概率又讲笑话。当妻子情绪稳定下来时,时钟已是凌晨两点多了。

第二天早上,他对妻子说,你先上班去吧,我再睡一会儿,反正是下午的飞机。妻子说不嘛,我也不去上班了,我陪你再睡会儿。他闭上眼睛想再睡,可怎么也睡不着了。他只好起来,妻子也跟着起来了。

吃过午饭,他对妻子说,我该上机场了。妻子说,我送你去机场。他说,你不用送了,我打个的,半小时就到了。妻子说,不,我要送的。刚说完,她的身体忽然晃了晃,脸色也很难看。他问,你怎么了?她说,头晕得很。他问,要紧吗?她说,没事,可能是昨晚上没睡好,情绪又有点激动。他就劝她,你就在家好好休息,不要送了。她终于答应了。

他赶到机场,听见候机大厅的喇叭里正播放通知,是说他要乘坐的航班因故推迟到明天早上起飞,本市的乘客可以坐机场的大巴回去,外地的乘客由机场安排住宿。

他突然想做一回外地乘客,于是住进了机场安排的宾馆。

黄昏中,他站在宾馆的阳台上,隐隐约约看见他家住的那幢楼。看了一会儿,他抬手看了看表,然后用手机拨通了家里的电话,他说,亲爱的,飞机准点到达,一切都好。

等候

距　离

　　王先生在 H 城一家外资企业里做技术工作，因为肯动脑筋，研究出了几种新产品，老板一高兴，就要塞红包给他。王先生推辞说，红包我不要了，您真要奖励的话，就每年放我一个月的假。老板说，行。

　　王先生要假期倒不是想待在家睡懒觉，养身体。王先生平生有一项爱好，就是喜欢摆弄个照相机，用他的话来说，叫作创造瞬间的美。只要一有空，王先生就将照相机挂在脖颈上满街跑，可跑遍了 H 城，也没有拍出一幅满意的照片来，于是他就抱怨这城市以及这城里的人也太没有个性，太没有品位了，尤其是那些穿着亮丽自以为是的女孩，一笑一颦全都是如此平庸，缺乏魅力。

　　所以王先生就开始向往外面的世界，比如在蓝天白云的草原上，比如在充满浪漫的沙滩棕榈树下，比如在春波荡漾的湖畔水边……王先生向老板要假，就是要去寻觅让他心动的美丽。

　　王先生的第一个假期是到了迷人的西子湖畔，晨雾中的西子湖时隐时现，朦胧而神秘，王先生瞪大了眼睛，努力地搜寻着美丽。突然，他发现湖堤的长椅上坐着一个女孩,正掩卷凝思,她的眼神,她的额角,她的嘴唇,一切的一切,无不透出少女情思摄人心魄的妩媚幽怨与缠绵。

哦,我终于找到你了!王先生激动得差一点要喊出声来,"众里寻他千百度,蓦然回首,那人却在灯火阑珊处"。王先生慌忙打开照相机,将镜头悄悄对准了女孩……

照拍好了,王先生觉得应该向女孩表示一下自己的感激之情,于是从树丛中走出来,走到女孩的跟前。

小姐,你好。

女孩抬起了那张沉思的脸。

是你?

王先生与女孩都显得有点吃惊,两人都感觉对方在哪儿见过,认真地想了一会儿,又都想不起来。王先生扬扬手中的照相机说,对不起,我刚才非常冒昧地创作了几幅有关你的艺术作品,我想回去印出来后送给你,可好?

好啊,女孩挺高兴地答应了。

王先生马上问:你能告诉我你的通信地址吗?

女孩便将自己的姓名和住址写给了王先生,王先生看了不禁大吃一惊,什么?张小姐和我住在同一座城市,同一幢楼上!

真的?张小姐也非常吃惊。

怪不得我老觉得你的脸挺熟的。王先生说。

是呀,我也在想我好像在哪见过你。张小姐说。

王先生又问，你怎么会在这里的？

张小姐说，我是来这里参加个会，你呢？

我是来……突然王先生觉得这话不知该怎么说。

两人坐着同一辆车回到了 H 城，分手时，王先生说，我很快就会将照片冲印好，马上送上来，反正你就在我的楼上。张小姐说，我等着欣赏你的大作噢！

过了几天，王先生在楼梯上遇到张小姐，说，真倒霉，胶卷让我不小心冲坏了。张小姐说，坏了就坏了，想创作随时都可以的。

王先生说，谢谢了，下次等你在楼下的草坪上看书时，我再好好地拍几张。

后来王先生好几次经过草坪时，看见张小姐或看书或在沉思，就是没想起要创作。而张小姐见了王先生，也没再提到拍照的事。

再后来，两人见了面，点点头，也就过去了。

春山与水菱

卫春山十六岁时在苏北参加了队伍，十九岁那年随着大部队过了长江，过了江就留在了江南的一个小县城里，然后被派到下面一个区里做了团委书记,一干就是几年。几年后,区长对春山说,小卫,你也该成个家了。春山不语,区长说,给你介绍个对象,农会主席的闺女怎么样?春山脸红。

在区长宿舍里春山见到了农会主席的闺女,脸蛋秀秀气气的,说起话来也软软甜甜的,春山一下就喜欢得不得了。当年的10月1日,春山就和这位叫水菱的姑娘成了亲。新婚的第三天,组织上通知春山去县上学习,春山觉得有点对不住水菱,就想说些安慰话,可水菱却先说了,她说,你去吧,伲回乡下娘家去,你啥时回来,伲也啥时回来。

春山在县里一学就是三四个月,等学习班一结束,他撒腿就往回跑,跑到区上扔下挎包就要下乡接水菱,刚跨出大门就遇上了区委书记。书记说,你正好回来了,快收拾一下,明天一早到地区去报到,有一个非常重要的培训班。还没等春山有个什么态度,书记又说,没问题吧?春山说,没问题。

等到春山从地区回来,见到水菱时,他大吃了一惊,水菱,你的肚子这么大了。水菱满脸羞色告诉春山,伲快要生了。春山很快就做了父亲,瞧着白白胖胖的儿子,水菱对春山说,孩子他爸,你给孩子取个名。春山说,现在全国正在宣传第一部宪法,就叫"宪法"吧!春山又说,我在外边忙,孩子就靠你带了。水菱点头,你忙去吧,孩

等 候

子伲会带好的。

宪法长到三岁时,组织上为了照顾春山,将水菱安排到了区委食堂做炊事员。不久水菱生下了第二个儿子,春山说,如今正是大跃进,儿子就叫"跃进"吧!

跃进以后便是三年自然灾害,然后是"四清""文革",真是运动多灾难多,对于春山这样的基层干部来说,就是干的事多,没日没夜地忙,至于忙些什么,他有时自己也弄不清楚,好在宪法、跃进全由水菱带,家里也没啥要他操心的,一心想着工作就是了。

时间到了1990年,组织上对春山说,老卫,你到年龄了,退下来吧!于是春山就从县人大副主任的位子上退了下来,同时办了离休手续。离休了自然就不用上班了,春山就坐在家里,坐着坐着就觉得有点无聊,有点伤感,于是对水菱说,老太婆,我跟你做家务好吗?水菱问,真的吗,老头子?

第二天一大早,春山真的跟着水菱到自由市场去买菜,水菱为了买一斤韭菜跟人讨价还价了好一阵,春山站在一边就觉得不自在。菜买回来了,水菱对春山说,你把韭菜选一选。春山问,怎么选?水菱说,韭菜根上老,你每根都掐掉一点。春山就开始掐,刚掐了几根,就对水菱说,韭菜根一点也不老,一根根地掐多烦。水菱说,伲掐了几十年都没烦。春山就皱着眉老不情愿地掐,越掐越觉得没意思，水菱见春山一副受苦受难的表情，就赶紧说，老头子，你也别遭罪了，快出去散散心吧！

春山就一个人跑出去散步，他不紧不慢地走着，走到县城东门外的小公园时，见到一群人正在那里学跳舞，他就站定了看，他发现跳舞的人年龄都跟他差不多，可他们的表情和动作都像娃娃似的，春山觉得挺有趣。这时跳舞的人群里有人喊他，竟是退休的县妇联主任高老太，高老太直招手，春山忙摇头，高老太就跑过来一把拉住春山的手说，我也不会跳，正好我们一块学。春山就半推半就地跟着高老太左一步右一步地走，刚走了一会儿，汗就下来了，血液也流得快了，一股春意涌上了心头。

从此，春山每天都往小公园跑，这天，他正要出门，被水菱叫住了，老头子，你来帮伲洗菜淘米。

春山说，老太婆，你又不是不知道，我不会做家务嘛！

不会做就跟伲学。

唉，老太婆，不是你自己叫我到外面去散散心的嘛！

今天伲不叫你散心，伲就叫你做家务。

我不做。

好，你不做，伲也不做，你不要这个家，伲也不要了。

老太婆，你怎么能说出这种话来，这几十年来，家务不全是你一个人做的？

这几十年来家务是伲一个人做的，那是为啥？那是因

等候

为你在忙工作忙事业,可你现在在忙啥?

忙啥?

你自己心里最清楚。

老太婆,我今才发现你是这么不讲道理!

老头子,伲也是刚刚晓得你是个这样的男人!

……

到了快过年的时候,有个传说传到了宪法和跃进的耳朵里,说他们的爹妈都准备好了要离婚。

宪法、跃进顿时都跳了起来,净胡闹,都是吃饱了撑的!

偶　然

在农村滚了六年的泥巴,我终于又回到了城里,还进了A局的计划科。

可好景不长,工作了不到一个月,就感觉有些乏味。

首先是工作枯燥,总是几个毫无生气的阿拉伯数字。其次是人枯燥,全科十二位公民,清一色全为男性。

两年后的一天,我正埋头于数字堆里,忽然有人拍我肩膀,我抬头,觉得意外,竟是"科座"在朝我微笑:"给你配个大学生当助手,如何?"

我忙转眼,见是一个非常漂亮的姑娘,不觉有些目眩。"科座"推推我说:"喂,你去帮小林搬张桌子吧!"

把桌子搬回办公室,我问她:"放哪里?"

她只是信任地一笑,于是我就自作主张地将她的桌子紧挨着我的桌子。

这时,我感觉有些累,便顺手拿起桌上的香烟,点燃,刚吸一口,就觉得有一种异味,于是赶紧掐灭。想泡点茶润润嗓子,又想起牙缝间已出现了黑色的茶垢,茶叶还不等拿出来就又塞进了抽屉。

唉,活见鬼了,今天怎么如此窝囊!

到了吃午饭的时候,我主动提出帮她买饭,她微微摇了摇头,我自然不敢再坚持。

一个人去食堂,见有红烧肉,情绪才略有好转。把饭菜带回办公室,我夹起一块红烧肉,正想痛痛快快地咬一大口,她进来了,手里端的是一小盆碧绿可爱的鸡毛菜,我牙齿就突然咬不下去了,嘴里竟还不由自主地说:"这鬼食堂,一天到晚净给人吃这种恶心的大肥肉。"

从此,我告别了心爱的香烟、茶叶,还有红烧肉。常言说,有所失必有所得,可我得到了什么呢?什么也没有啊!

那天,我叫她抄一份汇总报表,她刚抄到一半,突然急急忙忙去翻挂在墙上的小包,翻了半天似乎很失望。

我赶紧问她需要什么东西,她腼腆地摇摇头,可不一会儿,她显得有些坐立不安起来,明亮的大眼睛里布满了焦虑,鲜艳的脸颊上还出现了那种称之为鸡皮疙瘩的东西,我的心里一阵阵发紧,再也忍不住了,于是就不顾一切地向她大吼了一声:"快告诉我,到底什么事!"

她先是用很吃惊的眼神望着我,随后,可怜兮兮地对我说:"手纸有吗?"不用说,我自然倾其所有。

这以后,也不知什么道理,我一下没了顾虑,又开始抽烟、喝茶、吃红烧肉。

最终,谁又能料到呢?她居然会成为我的妻子。

自　然

一个新的生命诞生了,那是我的儿子,于是我欢呼、我跳跃。

可我马上又陷入烦恼,因为从此妻子不再钟情于我。

比如当我神采飞扬地跟她介绍我新的小说构思时,她不再用敬佩而欣喜的目光注视着我,先是一副心不在焉的样子,然后冷不防吓你一跳:"哎哟,你儿子今天会叫阿姨了!"

还有,我几次对她说,我想吃鸡翅膀,要油炸的,可她只点头,没行动。于是我就很认真很严肃地向她提出了抗议，还进行了一番忆甜思苦，终于使她感动了，对我说："真对不起，是我不好，今晚上一定做给你吃。"

可到了吃晚饭的时候，她竟双手一摊，说："呀，我下班只惦记着给儿子买奶粉，把这事给忘了。"

最叫人伤心的是晚上，当夜深人静的时候，免不了会产生一些感情上的波澜，可她竟毫不顾惜这良辰美景，神经极其紧张地朝我直"嘘"，说是别吵醒了儿子的美梦，气得我直想骂脏话。

这天，妻子提出要抱儿子回娘家"展览"，要我一块去，出门后，我说儿子挺沉的还是我来抱，可她坚决不同意，说你抱儿子万一摔到地上怎么办。走了大约半小时，妻子已是气喘吁吁，我又说让我抱，可她还是不同意。就在这时，妻子的脚下一踉跄，同儿子一起摔倒在地上。

还没来得及埋怨她，妻子已抱着儿子从地上爬了起来，只见她一脸的惶恐："都是我不好，我不好。"边说边急急忙忙地解开儿子的衣服和裤子，细细地察看伤情。

突然，她"哇"的一声哭了："你……你快来看呀，这么大一块伤！"

我忙凑上去看，不觉大笑："唉，你真是急昏了头，这明明是小孩屁股上的胎记嘛！"

"真是胎记。"妻子不禁转悲为喜，用手使劲揉揉自己的眼睛，又仔仔细细地看了一遍，然后将儿子重新抱好，

等 候

准备再赶路。

"啊,有血!"妻子忽然又惊叫。

儿子的衣服上果真有血,顿时,我也慌了手脚,马上帮妻子一起寻找伤口,可找遍了儿子的全身,就是找不到一丁点的伤口。

可妻子还是发疯似的找,这时,我突然发现妻子裤子的膝盖处也有血,赶紧叫她将裤脚卷起来,妻子的膝盖上有个大口子。

"找到了,找到了。"

妻子兴奋得朝我大声直嚷,随即抱着儿子大步流星向前走了。

从此,我的烦恼,我的伤感也就消失了。

快乐不快乐

小赵是快乐的,快乐的小赵是上帝送来的。

因为人人都认为来到这个世界是件痛苦的事,所以一个个全都是哭着来的。唯小赵没哭,这就导致那位接生数十年的助产士认为,小赵刚来就走了。

小赵不哭,小赵的母亲自然就大哭,哭完了,有人说

小赵还活着，小赵的母亲又破涕为笑，母亲笑，小赵好像也在笑。

转眼小赵进幼儿园了，母亲想请幼儿园的老师多照顾点小赵，老师说，全班二十八个孩子我都会照顾好。入园没几天，老师带小赵他们班去公园里做游戏，做着做着小赵不见了，老师便满公园找，在河边见到小赵正撅着屁股看金鱼，老师吼了一嗓子，小赵一紧张，就一头栽进了河里。

这一栽坏事却变成了好事，从此，全班同学不管上哪，老师只拉着小赵的手，每天分饼干糖果的时候，老师总会多给小赵一块。

小学、中学，小赵仍然一路快乐，进入大学更加快乐。因为小赵发觉，大伙似乎都已达成了共识，考大学是痛苦的，念大学是快乐的，所以，大学里快乐的人一下子多了起来。

不过，小赵还是比一般的人多了两项快乐。学校规定，每晚十点熄灯睡觉，可熄了灯并不等于就能入睡，比如刚看了本有趣的书，比如刚说了个带色的故事，脑子还兴奋着，可小赵一滚上床便呼噜声骤起，恨得同寝室的人咬牙切齿，怎么像架收音机，说开就开，说关就关。人家打呼噜的，都长得跟肥猪似的，可他瘦得像猴，居然也能打出这么响亮的呼噜。

等　候

　　说到瘦，则是小赵的第二项快乐。小赵在班上有三个好朋友，两女一男，正好是两双，晚上上夜自修，四个人中无论谁说一句肚子饿啦，就一起溜出校园消夜去。大家情绪高涨，可吃了几口，热情不减的唯有小赵，因为只有小赵不怕胖，小赵说，能吃能睡，还有什么比这快乐的？

　　大学生活结束了，四个好朋友各奔前程，好在都在一座城市里谋生，节假日还时常相聚。后来那个姓金的男同学吞吞吐吐地说，有事，不能来了。再后来，姓王的女同学红着脸告诉大家，有事，不能来了。于是四人的聚会，经常会出现只有小赵与姓蔡的女同学出席的场面，可我们的小赵依然尽情地吃、尽兴地玩。

　　这年春天的一个下午，小赵去看外婆。他看见外婆身边坐着一个女孩子，那女孩子低着头，手里摆弄着棒针和绒线，一头乌黑的长发随随便便地飘落在胸前。小赵突然掠过一丝紧张的感觉。

　　小赵叫外婆，外婆转过脸来，那女孩子也抬起头来看了小赵一眼，小赵又是一阵紧张。外婆告诉小赵，她叫英英，就住在隔壁，外婆想织件毛衣，英英来帮着起了个头。

　　从此，小赵便时常去外婆家，去外婆家一半是看外婆，另一半是看英英。尽管英英长得没有王同学和蔡同学漂亮，学历也没有她们高，可跟她在一起，与跟王同学蔡同学在一起的感觉不一样，于是小赵就决定跟英英结婚了。

婚礼上，小赵的三个好同学都来了，小赵快乐极了，与三位好同学干了好多酒。客人散去，新房里只剩小赵和英英，小赵看着英英，心想还紧张什么呢？

小赵快乐地睡过去，又快乐地醒过来，他对坐在沙发上的英英说，早上好。

英英说，好什么，我一夜都没睡。

小赵说，为什么？

英英说，你呼噜打得惊天动地，我怎么睡？

小赵笑，将英英一把拉过来，说我给你讲两个打呼噜的故事。

第一个，有一对夫妻，男的在结婚前呼噜打得像雷鸣，结婚后的第二天早上，男的醒来问他妻子，我打呼噜吗？他妻子说，没打啊！男的想这结婚真好，把呼噜都戒掉了。他俩恩恩爱爱过了许多年，直到有一天，当他知道妻子患了不治之症，他非常伤心地问妻子，你还有什么要求吗？妻子说，我就想一个人安安静静地睡一个晚上……

英英说，我听第二个。

小赵说，第二个也是一对夫妻，男的也打呼噜，刚结婚时女的天天晚上睡不好，时间长了，也就习惯了。可男的总认为打呼噜是个毛病，后来就去医院做了手术，手术后的第二天早上，他老婆说，我昨晚上一夜没睡着。他问为什么，老婆说，因为没听到呼噜声了。

小赵讲完故事,问英英有什么感想。英英说,我想让你去做手术。

小赵颇感怅然,但仍然去医院做了手术,做了手术的小赵真的不打呼噜了,可不打呼噜的他躺到床上,总感觉不是在睡觉。而且小赵开始发胖了。

不打呼噜又白白胖胖的小赵却不知道自己现在是快乐还是不快乐。

一 生

七岁的时候,他上了学堂。

这天早上,天上的太阳特别好,地上的草木特别绿。

他背着书包蹦蹦跳跳出了家门,跑过街心花园时,看见一老人坐在长椅上打瞌睡,他心想这位老爷爷挺怪的,怎么大清早就睡觉,于是站住了朝老人看,当他冲老人从头看到脚时,看见了一角钱,就躺在老人脚旁的草地上。

他的心突然"怦怦"地猛跳……一角钱可以买两支铅笔,可以买五颗糖。他想走过去捡,可是又怕被老人发现,于是他若无其事地坐到长椅的另一头,他抬头看看天,再有意无意看一眼地上的钱,过了好一会儿,老人终于起身离去了，他便迅速地捡起了那一角钱。

捡了钱他才想起老师昨天说的话，今天是上公开课，要早点去。他拼命地跑到教室门口，里面已经在上课了。老师见了他，严厉地问："你干什么去了？"

他吓得不由自主地将手伸进了裤袋里，哆哆嗦嗦地掏出一角钱。

"这钱哪来的？"

"路上捡的。"

老师立刻转怒为喜："好，原来是去做好人好事了，你在路上拾到了钱，想等失主来取，所以就迟到了，对吗？"

他不由得点头，他不知道这些话老师是在对他说，还是在对后边听课的老师们说。

十八岁，他上山下乡做了知青。田里的活很累人，所以他想寻点轻巧的活。这时公社的文艺小分队要排练样板戏《红灯记》，可选来选去没个合适的能演李玉和，不知是谁推荐了他，凭着他的身材与嗓门，一试还真像回事，他就成了李玉和。这天他在公社演完戏，回村的路上还余兴未尽，便又哼起："临行喝妈一碗酒……"

刚哼完了这一句，脑子里忽然闪过一个念头，要是真有点酒喝就好了，要不先将家里带来准备孝敬大队书记的那两瓶喝了。可下酒的菜呢？他四周张望着，哎，天赐良机（鸡），有两只肥美的母鸡在田里觅食。他的心又"怦

等 候

怦"地跳起来。

母鸡终于被他逮住了,他正得意,背后传来叫喊声:"抓偷鸡贼!"他如梦初醒,撒开脚丫子狂奔。

第二天,大队书记领了两个邻村的农民来认偷鸡贼,一个农民用手指指他,说:"好像是他。"可他坚决不承认。后来这事闹到公社里,公社书记对大队书记说:"他可是演李玉和的,演英雄做英雄嘛,怎么会去偷鸡呢?你们可要注意政治影响!"

这话传到了他的耳朵里,于是将"谢谢妈"唱得愈加铿锵有力了。

四十岁,他已经做了堂堂的局长。这天是他做局长后儿子的第一个生日,还是十周岁的大生日,许多人都想来祝贺。

"别,都别来。"他态度非常坚决地说。

他领着儿子跑到区里"希望工程"捐款处捐了整整八百元人民币,他对捐款处的工作人员说:"这钱原打算是给儿子过生日的,后来全家一商量,决定把这钱捐出来,这比吃饭有意义。"

从捐款处出来,他的心情非常好,路过马路边的公用电话亭时,他想起了什么,便给一个几次要约他出来坐坐的老板打了个电话:

"喂,我儿子今天生日,请你晚上到我家来喝几杯……"

四十四岁那年初夏的一个上午,他走上了刑场。

他抬头看了看天,天上的太阳还是特别好,地上的草木还是特别绿。

考　察

这是火热 7 月的一天。

白经理情绪极好,对蓝副经理、洪科长、黄科长说,天再热,也热不过我们考察取经的热情嘛!蓝副经理、洪科长、黄科长便一齐心领神会地直点头,然后又齐齐地问,经理,您说我们上哪儿呢?白经理眉毛一扬,说,愈是天热,我们愈是要到热的地方去,这样才能显出我们是去诚心诚意地取经,并不是去避暑,更不是想游山玩水嘛!

白经理一行飞抵西双版纳。

在西双版纳唯一的一家四星级宾馆安顿好,四人都是饥肠辘辘。白经理说,我们先去考察一下当地的饮食文化如何?于是他们走进了傣味餐厅。一位穿着傣族花裙子的小姐迎了上来,笑盈盈地问,先生,想吃点什么?白经理说,把你们傣族风味的菜都给我搬上来。瞧着满满一桌子从未见过的菜肴,白经理眉开眼笑,兴致勃勃地向服务员

等 候

小姐仔细询问各种菜的名称及做法。

喝了些酒，吃了些菜，白经理又问，你们餐厅还有什么特色？小姐说，有歌舞助兴。白经理说，那就马上来一段。

于是鼓声骤起，一队傣族姑娘上台翩翩起舞。白经理看得非常投入，还不时请教里面的曲名和舞名。歌舞声中，白经理又喝了许多酒。随后他又问，你们还有什么特色？

小姐说，还有傣族的按摩，可以消除旅途的疲劳、肌肉的酸痛。

白经理说，那正合适。

被小姐的纤纤玉手在肩上背上揉了一阵，白经理感觉极佳，非要小姐说说这按摩的要领。

从傣味餐厅出来，白经理情绪依然高涨，便率蓝副经理、洪科长、黄科长在浪漫的棕榈树下散步。突然，他停下了脚步，醉眼蒙眬地指着一处闪亮的霓虹灯招牌问：这上面写的什么？

蓝副经理说，写的是"泰式按摩院"。白经理问：什么是泰式按摩？蓝副经理说不知道。

这时洪科长笑嘻嘻地说道：泰式按摩，就是泰国来的按摩，保准就是那种玩意儿。

他们正说着，从门里走出一位浓妆的小姐，娇滴滴地说：先生，需要按摩吗？很舒服的。黄科长便学着她的腔调问：怎么个舒服法呀？小姐神秘地笑笑说，你们进去就知道了。

就在这时，白经理猛然大喝一声，这种地方我们不能进，回去！

第二天，白经理率蓝副经理、洪科长、黄科长去原始森林看动物、看植物。

第三天，赴中缅边境观玉石。

晚上回到西双版纳，白经理对大家说，明天我们就要离开了，今晚就自由活动吧，不过，那种地方千万不能去。

蓝副经理说，我想去看场电影；洪科长说我去卡拉OK；黄科长说我想待在房间里写点东西；白经理说，我想一个人出去散散步。

这天晚上，白经理回来得最晚。

回到单位，白经理对蓝副经理、洪科长、黄科长说：这次西双版纳之行，我们得搞个考察报告。

蓝副经理问，该写些什么？

白经理说，可以写写傣味餐厅的特色与借鉴，缅甸玉石的开拓与前瞻。

这时黄科长插科打诨道：可惜泰式按摩院没进去考察，不然也许可以添上极生动的一笔。

不料白经理突然显得非常生气，冲着洪科长说：你也不要神魂颠倒了，什么按摩院，根本不是你想象的那回事……

白经理还想要说什么，却一下闭了口，而且脸也忽地红了起来。

郑局长

这个星期的学习提前到星期五了，郑局长还是先念上一段文件，然后说上一会局里有关的事。在念文件时，大伙就觉得局长今天的表情要比往日更加庄重。念完了文件，郑局长说："同志们，下个星期我就要办退休手续了，也就是说，我的工作生涯将要画上一个句号。"

说到这里，郑局长的情绪显得有些激动，在座的许多人情绪随之也有些激动，郑局长在位的这些年，虽说没有创造出什么可歌可泣的光辉业绩来，可这么大一个局一直能够太太平平，不出一点乱子，也真是够难为他的了。

郑局长又说："尽管我要从局长的位子上退下来了，但只要我在一天，就要管一天，最近，我们一些老同志，还是老先进哪，上班也迟到早退。"

大伙的眼睛便都不由得朝坐在角落的老秦看，因为局里老同志加老先进就只有老秦了。

老秦起先并不在意，随后似乎有些明白了，平日沉默寡言的他居然非常勇敢地从座位上站起来，大声问郑局长："局长，您说我上班迟到早退？"

郑局长没料到老秦会在大庭广众下来这一手，心里自然就有些不痛快，可脸上还是带着微笑："我这是指出一种现象嘛，不是局限于某一个人，大家有则改之，无则加勉嘛！"

"可我觉得您是在说我。"老秦坚持说。

"如果你真有这种情况，改了不就好了嘛！"郑局长脸上依然显得非常和蔼。

"可我没有，您为啥要这么说？"

"你真没有？！"这下郑局长的脸终于沉下来了。

"没有！"

"秦默雨同志，我可以明确地告诉你，你的迟到早退，是我昨天上午在办公室的窗前亲眼看到的。"

"您的眼睛……"

"我的眼睛怎么了？我的眼睛有问题，嗯？"

这时，大伙发现郑局长两边太阳穴周围的静脉开始剧烈地跳动，这么多年来，郑局长好像还没有如此生气过。他用力将手挥了挥，说："下面分科室讨论，就刚才的事，大家都谈谈看法。"

讨论的结果自然是一致的，郑局长的批评肯定没错，

等 候

因为郑局长从来没有批评错过人,更何况老秦一个人坐一间资料室,谁能证明他没有迟到早退呢?

晚上,郑局长回到家,躺到床上,脑子里又想到白天的事,顷刻就觉得浑身很不舒服,于是又爬了起来,决定到老秦家去一次。外面正刮着风,下着雪,郑局长也没要车,而是步行。

当老秦打开房门,见是郑局长站在风雪中,顿时心口有些发热,慌忙将郑局长拉进屋里。

郑局长说:"我是刚好路过,就进来看看。"

两人在沙发上坐下,郑局长问:"老伙计,你还有多长时间退休?"

老秦说:"快啰,还有一个月。"

郑局长说:"今天上午我的态度不够冷静,应该向你检讨呀!"

老秦说:"不,是我的态度不好。"

郑局长哈哈大笑,说:"谁都不要检讨了,我俩的心情还不一样吗?"接着,郑局长又问:"老秦,昨天上午你肯定有什么特殊的情况吧?"

老秦又急了,说:"郑局长,我向您发誓,我真没有迟到和早退。"

郑局长看着老秦不说话。

老秦想了想说:"郑局长,是不是有点小误会?"说完,他从里屋领出一个人来,其长相与装束竟与老秦十分相近。老秦指指那人说:"他是我弟弟,从外地出差来的,昨天上午他到单位来找过我。"

郑局长一下愣住了,他死死地盯着老秦的弟弟看了很久,脸色很难看。

第二天上午,大家刚到局里上班,就听说郑局长昨晚不幸摔了一跤,住进了医院。

于是许多人拥向了医院,有送鲜花的、水果的,还有送上滚烫滚烫的安慰话的。可郑局长的脸部神经好像是被摔出了毛病,始终是僵直着脸看着天花板。

老秦是下午到医院去看郑局长的,就拿着两张纸,他走到郑局长的床前大声说:"郑局长,是我错了,这是我的检讨。"

没想到,郑局长的脸上立刻就有了光彩,竟一下坐了起来,一把抓过老秦的手,连声说:"好,好。"

梅 生

梅生从文学院秘书专业毕业,就被分配到县府办公室,尽管只是收收发发,抄点稿子,可梅生的许多同学还是挺

等　候

羡慕他，说在大院子里干，起点就高。

干了一年，一次梅生陪办公室的秦副主任喝酒，秦副主任问梅生，小伙子，你知道该如何做，才会进步快？

梅生答，向您学习，写出好文章。

秦副主任说，差矣，领导熟悉才能进步快，像你要争取跟上一个县长当专职秘书，用不了两年，就会放你下去锻炼，这一锻炼，便是个副局长或是副乡长。

秦副主任的一番话转动了梅生的脑子。

于是梅生便格外注意起六个正副县长的一举一动，有时梅生发现哪个县长的专职秘书不在，便主动上前问有什么事要做。有的县长也真的差他去办件什么事，尽管都是些鸡毛蒜皮的小事，可梅生总做得有滋有味的。

不久，从外县调来个平副县长，走马上任就要下去熟悉情况，可还来不及配备专职秘书，平副县长就跑到县府办，对秦副主任说，你给我派个人，跟我下去走一趟。

秦副主任马上就想到了梅生，临走前，他再三叮嘱梅生，把握住机遇，好好干噢！

梅生便使劲地点头。

这一路上，梅生还真干得不错。每到一地，虽然早有当地的父母官安排妥帖，可梅生还是不放心，还要了解每一个细节，平副县长明天要谈什么问题，梅生今晚必然拟好提纲，这提纲还分 A、B、C 三套，供平副县长挑选。

梅生因此而受到了平副县长的表扬,而且从表扬声中梅生还隐隐约约听出一点意思,好像是说今后就跟着他。

今天是平副县长下去的最后一站,中午时分到了塘湾镇。镇长、书记陪平副县长喝了点酒,喝得平副县长头上不时冒出点汗珠子来,于是镇长便叫人端来一大盘状如菊花的冰激凌降温,平副县长看着冰激凌,嘀咕道,还是绿豆棒冰爽口。

这话被梅生听见了,一溜烟跑到街上,寻找绿豆棒冰,还真被他找到了。梅生捧着十多支绿豆棒冰回来,平副县长一口气吃了两支,还想吃。开会时间到了,平副县长便坐上主席台,开始讲话。

梅生还是坐在第一排,一边认真听,一边认真记。梅生抬头见平副县长第一次将穿的夹克衫敞开着,里面衬衫的领子也解开了,他觉得这时的平副县长更潇洒。

突然,梅生的脸色大变,平副县长的脖子上怎么会有一粒绿豆!

一定是平副县长刚才吃绿豆棒冰时不小心掉上去的,这绿豆假如让大伙都看到了,对领导的形象该是多大的损害!梅生越想越觉得问题的严重性,便慌忙向平副县长做手势,可平副县长毫不理会,仍然眉飞色舞地做他的报告。

这下梅生急坏了,他跑上主席台,附在平副县长的耳旁说,您脖子上有粒绿豆,快点抹掉。

等 候

平副县长抬起一只手,没去抹脖子上的绿豆,却朝他用力地挥了几下,那意思很明白,给我下去。

梅生只好走下台,回到原来的座位上,抬头发觉平副县长脖子上的绿豆不见了,衬衫的领子也扣上了,他终于松了一口气。

回到县里两天后,秦副主任将梅生叫到自己的办公室,问,你怎么就得罪了平副县长?

梅生说,没有啊!

秦副主任说,还没有,他已明确表态不要你当他的专职秘书。

梅生愣住了,想了半天,说,最后一天在塘湾镇做完报告,回来的路上平副县长好像是有点不高兴,一句话也不说,可绝不会是因为我。

那你好好想想,这天你究竟说错什么、做错什么了?秦副主任又追问道。

梅生说,真没有呀,平副县长说爱吃绿豆棒冰,我还特地上街去给他买,下午做报告时,我发现他脖子上沾了一粒绿豆,还专门跑上台去提醒他呢!

脖子上有绿豆,是不是在这个地方?秦副主任用手指指自己的脖子。

对呀,您怎么知道的?

你这小子,这哪是什么绿豆,那是平副县长生的一颗痣!

啊……

计 划

A先生是个有特点的人。

A先生的特点是凡事都爱计划，A先生说，他的这一特点也许是与他的家族基因有关。A先生的祖父给人管账做过账房先生，A先生的父亲考的大学叫政法学院，可毕业后进的部门叫计划委员会。到了A先生填写报考大学专业的志愿时，他本人的想法竟然与家里的意见高度一致，财经学院的会计专业。

跨进校门，当别的同学还在兴奋自得，满世界闲逛时，他已经端坐在阅览室里默默地开始计划人生，他想起来学校报名前，父亲对他说的话。

父亲说：儿子，记住，一定要和同学们搞好关系，因为同学情对你来说是一笔终生享用的财富。父亲又说：记住第二件事，在不影响学习的情况下，多留意一下身边的女同学，如果有好的，千万不要错过，因为大学谈成的，往往是最好的。

等 候

于是，大学四年，他似乎就是围绕着父亲给的两条忠告计划着人生。

转眼大学的学业就完成了，他作为班长被推荐去了让许多人羡慕的市财政局。报到的前一天晚上，A先生与父亲闲聊，父亲突然问：哎，儿子，还记得你上大学时我给过你的两条建议吗？A先生眉毛扬了扬说，当然记得啊！如何呢？嗯，下星期天，我过生日时你就知道了。

过生日那天，A先生让父亲订了六桌酒席，其中四桌都给A先生的同学占了，于是不无得意地对父亲说：您看，我的同学差不多都来了。更让他父亲意想不到的是，酒喝到一半，A先生拉着一位女同学的手走到他跟前说：爸，这是王丽同学。他爸看着娇羞的王同学，顿时笑得好开心。

很快，王同学就成了A太太，又很快实现了A先生的计划，为他生了个大胖儿子。A先生看着躺在婴儿床上的儿子，一种使命感油然而生，嗯，该为儿子计划计划了。可面对一个一无所知的婴儿该如何计划，他顿时有些茫然。

好在这时候A先生对于自己的计划倒是在按部就班地推进，由科员到副主任科员再到主任科员。这天晚上，当他陪领导喝好酒回到家，看着熟睡中的儿子，突然意识到还有两年儿子就要上小学了，该为儿子计划计划上学的事了。

第二天他就约在教育局工作的同学喝一杯，酒碰了三杯，那同学自然就问到他，儿子什么时候上小学啊？他说快了，还有不到两年。他同学又问，准备上什么小学啊？他说自然是某某小学。同学说，新规定马上出来了，除了户口在这个辖区里的，其他人都上不了。他一下傻了，那怎么办？问这句话时，他第一次有一种非常强烈的失落和痛苦的感觉。

他同学见他脸上的表情便安慰说：办法还是有的。他像是抓住了救命稻草，快说，有什么办法啊？你可以在那所小学的辖区里买套房子啊，然后将孩子的户口迁过去。对，对。他觉得这是个办法。

告别了同学，走在回家的路上，Ａ先生被风一吹，脑子稍稍清醒了些，为了儿子上学要去买一套房子，这可绝对不在计划里呀！这可怎么办？他一时找不到答案，只能在马路上漫无目的地走着……当他开门走进家里，妻子用吃惊的眼神看着他：怎么啦？脸色这么难看。于是，他将儿子读书的事告诉了妻子。

妻子听了直摇头，我们现在住的房都欠着银行的贷款，哪还有钱去买学区房。Ａ先生神情庄严地对妻子说，你不用管，我一定要让儿子上那所小学，然后上它的中学，再考一所名牌大学，最后……

Ａ先生是这样对妻子说的，也是这样去做的，半年后，他在那所小学的辖区里买了一套房，儿子便顺利地上了学。

等候

这确实是所好学校,看着儿子各门优异的成绩,A 先生真庆幸自己所做的决断。

这天 A 先生正坐在办公室里构思竞聘副处长的演讲稿时,门被推开了,市反贪局的两名检察官说要和他聊聊。一开始 A 先生还是很镇静的,当被问到他同学的企业来申请财政补贴的事时,他知道是怎么一回事了。

A 先生因受贿进去了,他的一切美好计划也就随之而去了。

常务副县长

顾正一口气做了三届的常务副县长。

这在顾正所在的 A 县,甚至 S 市所有的郊县中都是绝无仅有的。

按理来说,在副县长前冠以"常务",意思是很明了的,县长在,你是七八或十来个副县长中的第一,县长有个什么情况了,你就是名正言顺的第一接班人。可顾正做"常务"的三届九年里,县长也情况了四回,却回回让别人接了班。于是有许多人为顾正打抱不平,都说太委屈了顾正,但也有不这么认为的,说按理应上不上的就该下,顾正"常务"了这么多年没下,也够可以的了。

顾正对这一切似乎也没什么大的想法,只有细心的人发现顾正生理上的一个变化,这几年,顾正时不时地会打嗝,而且打得有点不同凡响,没有什么规律可循。

饭后打,饭前也打,场合也不固定,饭桌上打,会场上也打,原本打嗝纯属个人习惯,可有些人偏偏会深入地想下去,从圆桌一直想到社稷什么的。顾正一开始也没当回事,可后来他察觉到这嗝是否打得有点过分了,于是就去请教医生。

医生说,大概是吃得太饱的缘故吧!

顾正说,我饿肚子的时候也打嗝的。

医生说,这就奇怪了。

于是就给顾正检查胃,也没查出什么问题来,可总得给县长一个说法吧,他斟酌再三说,从中医的角度看,这叫阴阳失调。

顾正问,怎么会失调的?

医生答,过喜,过悲,过思,过虑。

顾正听后又"嗝"了一下。

转眼县里的班子又要换届了,有人跑来悄悄地告诉顾正,据内部消息,您这次非常有希望。

噢?顾正不由得又"嗝"了好几下。

某天,市里一家医院下郊县为县直机关干部做健康检

等　候

查，顾正也去了，医生问，平时有些什么不适吗？顾正说，身体挺好的，就是经常要打几个嗝。医生就给顾正的胃拍了张片。

三天后，那家医院打来电话叫顾正去复查，顾正一到医院，就不由分说地被按到一张床上，然后一根小指般粗的皮管从嘴里一直捅到胃部，顾正难受极了，想喊又喊不出声来，只好眼泪汪汪地看着自己的胃在彩色荧光屏上晃来晃去。

胃镜做好了，顾正问，究竟什么病，要如此大动干戈？医生说，你先回去，报告出来就知道了。

这时候，市里的组织部门到 A 县来考察班子，第一个找谈话的就是顾正。组织部的王副部长对顾正这几年的工作评价非常高，说到最后，部长拍了拍顾正的肩膀，老顾啊，也不能一直搞得太紧张喽，到市太湖疗养院去疗养一段时间如何？顾正忙摆手，我怎么走得开嘛！

不用牵挂工作，组织上会安排好的。王副部长说。

顾正似乎一切都明白了，部长，组织上要我下来，我坚决服从，至于疗养，就不去了吧！

你想到哪去了，部长紧紧抓住顾正的手，组织上真希望你去挑更重的担子哟，可身体先要养好。

我的身体怎么了？

也没什么嘛！王副部长避开了顾正探究的目光。

顾正便有一种不祥的预感,他去了疗养院,刚进院,他的心情坏透了,可时间长了,心也慢慢地平静下来,于是他除了不时被医生请去折腾一阵外,一有空便去爬山、游水,他开始觉得这山林湖水比起A县的许多人来,可爱多了。

顾正在疗养院里不知不觉已生活了三个月,这天早上,他正在湖边的草坪上打太极拳,他的秘书极兴奋地跑来了,顾县长,告诉您一个好消息,医院的最后诊断出来了,您根本没有得胃癌!

顾正好像没听见,继续打他的太极拳。

顾县长,您应该告他们去,这些不负责任的错误诊断给您造成了多么大的损失。

小景,你安静些好不好?顾正不想让秘书再说下去。

拳打完了,顾正十分惬意地又伸了伸腰说,小景,我倒还要感谢他们啊!

为什么?

你看,我现在还打不打嗝了?

塞翁失马,焉知非福啊!顾正开怀大笑。

等候

感谢蜜蜂

许多人对开会不是恨就是躲,可小G不是这样,在他看来,开会自有开会的好处,比如你不开会,你总不能坐在办公室里看小说吧,你总不能眼珠子动也不动地坐在办公室里构思小说吧,可开会就不同了,开会时你看小说,大家就非常同情,开会时你直愣愣傻坐着想小说,也不会有人怀疑你神经出了什么问题,这就是开会带来的好处。

不过,今天小G的态度却跟往日有些不一样,因为今天是4月30日,按惯例就上半天班,况且小G也已经答应了一帮大学同学,下午四点跟人家赛一场足球,可没想领导叫他去参加下午一点局里的一个报告会,小G不愿去,可又不能不去。

因为交通阻塞,小G坐车赶到会场时已经是一点二十分,他先奔大会签到处,这可是开会最要紧的地方,他飞快地签好名,接待的工作人员说,开完会还要再来签趟名,这是领导说的。

小G不禁一惊,难道上边早已觉察某人可能有中途开溜的企图吗?

一点三十分,报告会正式开始,小G刚想把小说书拿出来，马上想到自己坐的是第一排，这是今天开会迟到带来的后果，小说看来是看不成了，那么想小说吧，可精力怎么也集中不起来，不能看不能构思小说，就只能听报告了，听着听着，小G觉得劳模的报告做得还真不错，朴实生动，他的情绪慢慢地就好了起来。

劳模的报告完了，小G与大家一起鼓掌，小G看表，两点四十分，看来参加足球赛是没有什么问题了，他又拼命鼓掌。

可出乎小G的预料，张副局长并没有宣布会议结束，而是请马局长讲话，马局长清了清嗓子说，同志们，我就怎么开展向劳模学习，讲五个方面的问题，小G又一惊，脑子里飞快地计算着，五个方面，一个方面算十分钟，一共是五十分钟，会议三点三十分结束，立刻"打的"还能赶上足球赛。

小G开始构思小说，突然，感觉头上有蜜蜂飞过，抬头没找到蜜蜂，他朝窗外看，窗外有几棵叫不出名的树上开满了小红花，花间有蜜蜂在采蜜，小G不由自主开始默念："两只小蜜蜂呀，飞在花丛中呀，飞呀，飞呀……石头、剪子、布。"这是小G每晚吃了饭以后跟太太必做的游戏，以决定谁去洗碗。

马局长第一方面的问题讲完了，小G看表，整整多用了五分钟，小G想，但愿后面几个问题不要超时了。这时，有位工作人员从后台出来为马局长倒水，小G觉得这

等候

位小姐的身材和面孔都长得非常恰当,令人赏心悦目,他目不转睛看着她,猛然发现她绣了花边的后领上,有一只蜜蜂在爬行,天哪!小G差一点要叫出声来,他着急,可只能干着急。

那位漂亮小姐姐倒完水,退回了后台,马局长第二个问题也终于讲完了,小G看表,又超过六分钟,这样下去,足球赛肯定是赶不上了,小G愤怒了,人家劳模自己讲也就七十分钟,你讲怎么学习却要讲得比劳模还要长,这不是本末倒置嘛!小G忍不住想骂娘。

马局长开始讲第三个问题,不知何故他抬起手来伸到脖子后面,紧接着他"啊"地叫了一声,便脸孔僵硬坐在那儿不讲了,会场顿时一片寂静,主持会议的张副局长跑到马局长跟前,朝马局长的后颈看了一会宣布,马局长因有重要事情,会议暂时开到这里,散会。

小G终于提前赶到了足球场,他在开场仅十分钟时,就将足球踢进了对方的球门,进了球的小G兴奋极了,他模仿着蜜蜂飞舞的动作在球场上奔跑,嘴里还发出"嗡嗡"的叫声。

小G说,这球献给那只勇敢的蜜蜂。

金项链

S镇是江南一个不大不小的镇子，尤三的家就在镇西头的大河边。沿着河堤清一色的棚户挺密集，全是当年从江北摇船摇过来的灾民。

这里的人口多，小孩更多，孩子们上的都是社会幼儿园。拍洋片、打弹子，尤三也玩，但老输。便觉得没意思，就一个人坐在家门口，看对门的一只跛脚猫，看久了，又觉得没意思。

这天，尤三听见对门传来婴儿的啼哭声，心里有些好奇，就冲进去看。尤三看见一团粉红色的肉在动弹，大人们都管那团肉叫"五妹"。

尤三觉得五妹比那只跛脚猫有意思，会笑，会哭，还会眨小眼睛。

于是就天天抱着五妹玩。五妹会走路说话了，尤三便冒着危险，到尤二的口袋里偷了两张洋片，两颗弹子，悄悄地教五妹玩。

玩了一年多，五妹说，要玩做家家，尤三就和她做家家。尤三当爸爸，五妹做妈妈，捏了六个泥人做娃娃。

后来尤三与五妹都大了，他俩就不再做家家，而是做了

等 候

正式的夫妻。尤三说，我想要个真的娃。果然就有了一个，是个女娃。可尤三还想要个男娃，说，咱要把根给留住了。

谁料五妹生了女儿后，肚子从此没了动静，而且鼓鼓的胸脯没有了，红红的脸色也没有了。

尤三急了，就去问隔壁的七奶奶。

七奶奶说，咱们苏北老家的规矩，女娃子从小就要戴银项圈、银手镯的，避邪。可你媳妇啥都没戴过。

尤三听了就回家翻箱倒柜，终于被他翻出了祖上传下来的一只银项圈，要叫五妹戴。

五妹说，啥年代了，还戴这东西。

尤三说，七奶奶说的，戴了避邪。

五妹说，银的能避邪，那金的更避邪。你没见如今的女人脖子上挂的都是金项链吗？

尤三想想也是。可凭他在装卸队里吃杠棒饭挣的几个钱，啥时能买得起金项链？尤三便终日闷闷不乐的。

有一天，尤三从外面带回来一条红尾巴大鲤鱼，五妹见了就问尤三，啥日子，要买大鲤鱼？尤三说，别管啥日子，有鱼吃总是好事情，而且俗话说了，吃鱼吃鱼，吃剩有余。

五妹就杀鱼。她操刀剖开鱼肚皮，伸手进去掏肠子，突然觉得有根肠子挺奇怪，急忙拉出来，洗干净。肠子金灿灿的，五妹便惊叫，快来看，一条金项链！

尤三不紧不慢走过来，得意扬扬道，我说的，这不吃了有余了。

尤三将金项链戴在五妹的脖子上，夫妻俩便天天盼着快点生出个胖儿子，没想儿子没盼到，却盼来了两个公安民警。

民警对尤三说，跟我们走。

五妹问，为啥要带我男人走？

民警说，你男人抢了人家金项链。

五妹听了当场就晕了……

五妹将金项链交到了公安局，然后就盼着尤三快点放回来，可左盼右盼就是不见尤三的影。她就跑到公安局里去求人，去多了，局里就拦她，于是她又朝分管案子的科长家里跑，科长不理她，可她还是时常往他家里跑。

这天是大年三十的前一天，五妹领着女儿又去敲科长家的门，科长家的小保姆开门见是她，便让她屋里坐。五妹问，科长在家吗？保姆说，他们全到老家过年去了。五妹就要走，保姆说，等等。

保姆从屋里拿出一条非常大的鱼，对五妹说，人家刚送来两条鱼，我一个人也吃不了，你拿一条去吧！

五妹连忙说，不要。可她的女儿却不肯走，对五妹说，妈，我好久都没吃鱼了。

五妹的心有些酸，就从小保姆手里接过了鱼。

回到家，五妹准备做鱼给女儿吃，可当她掏出鱼的内脏时，立刻惊呆了，鱼肚里怎么又有一条金项链！

放火犯

前不久，一位商界朋友看了我小说集上的作者简介，便一脸惊讶，哟，想不到你还做过十年的检察官。

我说，这有什么大惊小怪的。朋友说，反正闲着没事，说个有趣的案子来听听。

我就随便说了一个。

这是我接手的一件放火案，被告人叫顾阿小，刚好三十岁，在一家村办服装厂里做门卫。

那是初夏的一个夜晚，顾村的打谷场上突然燃起了大火，等到村民们从睡梦中惊醒，一个个光着膀子冲到打谷场时，上万斤的麦柴已经化为灰烬。

遭受损失的村民们捶胸顿足诅咒这场大火，这时有人提醒说，不对呀，这麦柴垛得好好的，怎么突然就烧了？

正议论时，顾阿小不知从哪钻了出来，嘴里还兴奋地喊着，烧得好，烧得好。

阿小，火是你放的？村长喝道。

人们围上去扭住了顾阿小的两只胳膊，这才发现他左手抓着两只用麦柴编的什么怪物,右手抓着一盒火柴。

你这个纵火犯!村民们愤怒了。

嘻嘻,我可不是纵火犯。顾阿小傻笑着,嘴里喷出一股浓浓的酒气。

这个顾阿小,干吗要去放火?我朋友问。

是啊,我也正想搞清楚呢!为此,我提审了顾阿小。

顾阿小,你为啥要放火?

我要烧老虎,烧羊。

哪来的老虎和羊?

我编的。

谁是老虎和羊?为什么要烧?

我不说。

可老虎和羊没烧,怎么把场上的麦垛全烧了?

顾阿小垂下头去,死活也不回答我的问话。

从顾阿小嘴里掏不出东西,我只好另辟蹊径。我来到顾村,找到了顾阿小的老婆,她见了我就会哭,半天也没说出一个字。我又去找顾阿小的父亲,老人显得痛苦而又无奈,唉,都是喝酒喝出来的祸,一天到晚喝得颠三倒四的,能不出事吗?

他一直都这么喝吗?我问。

原来他可滴酒不沾,村里人都夸他是个好小伙。前年,村里组织劳力上山运石头,他被砸伤了腰,幸亏村长照顾

等候

他,让他到村办的服装厂看门,谁知活轻了,反倒喝起酒来了。

下乡三天,一无所获。我从乡下回来的第二天上午,顾阿小那个村的村长就跑到检察院来了。

我问他有什么事,他说来自首。我问,自首啥?他说,是自首放火的事。可我越听越觉得不对劲,他说是他在打谷场东南角点的火,但公安局的现场勘查报告写得清清楚楚,燃烧点位于打谷场的西北角。

谁叫你来替顾阿小顶罪的?

村长被我这一问,脸唰地白了,没,没人叫我来,阿小为村里吃过苦,我想帮他一把。

真是瞎胡闹。

村长走了没多久,顾阿小的老婆也风风火火地跑来了,你们快抓我吧,火是我放的。

这案子倒是越来越有趣了。我朋友听得出了神。

听故事你会觉得很有趣,可办案子本身却很枯燥乏味。这案子查到最后,火是顾阿小放的确凿无疑,他最后被判了三年徒刑。

就这么完了?我朋友一下显得很失望。

完了。

你们连老虎和羊是谁都没搞清楚就结案了?

案子里没反映,不等于我不知道。

是谁?

老虎是村长,羊是顾阿小的老婆。

谁告诉你的?

没人告诉我,凭直觉。

那顾阿小到底为啥要烧死他们?

你说还能为了什么?恨!

可他手里的老虎和羊不是还好好的吗?

这就是顾阿小的矛盾。

这么说村长应该知道顾阿小为啥放的火,他怎么还会跑去为顾阿小顶罪?

因为他想要赢得顾阿小老婆的心。

顾阿小老婆的自首又作何解释?

如果说一开始她跟村长睡觉只是一种牺牲,只是为了报答村长对男人的照顾,那么,以后的情形就不再是这样了……

你说的这些都是事实吗?朋友看着我的眼睛这样问我。

你说呢?我反问。

等候

教 育

P县纪律检查委员会接到上面的文件,要求对本县的"七所八所"进行一次有成效有力度的廉政和职业道德的教育。

瞧着文件,纪委书记老黄心里就犯愁,你当这"七所八所"是省事的环卫所托儿所吗?说起来可是些政策比你懂、权力比你大、说轻了不好、说重了也不好的厉害部门。纪委副书记小卞是刚从基层提上来的,他见老黄一脸愁云就建议说,老黄,要不我们这次学习来个形象生动?老黄急问,如何个形象生动法?小卞就如此这般地说了想法。老黄听完后问,这样行吗?小卞说,一准行。老黄犹豫再三终于下了决心,好,那就试试。

三天后的上午,参加第一期学习的"七所八所"的所长们来到县纪委报到。工商所的金所长与老黄是老熟人了,见了老黄他就半真半假地说,黄书记,你是了解我的,在这儿关我三天可不行噢!在一旁的税务所顾所长趁势说,就是,就是,我们这些人可是关不住的。老黄接过话来说,这次学习可不关你们,我们走出去。这时派出所的邢所长就来劲了,走出去到哪呢?是深圳珠海,还是青岛威海。老黄不紧不慢地说,先在上海,三天后如果大家觉得不过瘾，咱就随便上什么"海"。

第一天，老黄带所长们来到城中菜场，供电所的龚所长拍拍工商所金所长的肩，说，哈哈，今天我们都来当一回工商所所长啰，回去时可别忘了买点什么便宜货。金所长立刻反唇相讥道，说不准黄书记是带我们来查电线的呢！说笑之间，老黄带他们已经走到一位正埋头杀鸡的中年妇女跟前，老黄喊了一声，小祁。那妇女就抬起头来，见这么多穿制服的男人，脸就有点红。老黄说，没事，正打这经过，就随便看看。叫小祁的妇女又低下头去，操刀非常利索地抹了一下鸡的脖子，鸡挣扎了几下，在小祁的手背上裤腿上撒一泡屎就死了。小祁立刻抓住鸡放在一锅热水里来回翻滚，搅出一股非常难闻的臊味在四周散发，然后是拔毛开膛取内脏。老黄问，小祁，你的手怎么这样？小祁说，整天浸在又烫又脏的水里，能不这样嘛！老黄又问，你一天杀多少鸡，能挣多少钱呢？小祁说，大约五十只吧，每只三毛钱。又看了一会小祁杀鸡，老黄就带着所长们回到县纪委的会议室。老黄问大家，你们知道那个杀鸡的女同志是谁吗？众人摇头。老黄说，她可是上海一家纺织厂的工会副主席，先进工作者，厂里不景气，下岗了……

会议室里一片寂静。

第二天，老黄带着所长们坐车来到市监狱参观，据说这所监狱当年还是英国人帮大清帝国建造的，说仿的是伦

等　候

敦监狱。看了几间牢房，物价所的齐所长就问派出所的邢所长，这一间牢房到底有多大？邢所长说，大概一米六乘一米六吧！齐所长显得非常惊奇，喔唷，在里面睡觉腿都伸不直的。邢所长就嘻嘻笑着说，那是，特别像你这么高这么胖的，肯定很难受的。齐所长捶了邢所长一拳说，你胡说什么，我怎么会睡到这里面来。在牢房里转了一圈，就坐下听贪污、受贿的犯人谈教训，一个副区长谈得最有意思，他说，其实，我跟老婆还有儿子一年就能挣二十多万，全是合法的，可我拿了人家五六万块钱，就进来了，我自己都搞不懂……

所长们听了心想，就是嘛，怎么搞的。

第三天，老黄说请所长们去参加一个追悼会，大家来到火葬场，发现悼念大厅里已经挤满了人，一打听才知道悼念的是原来在县委县政府看过大门的田老头。大家有些纳闷，更令所长们不能理解的是，怎么下面各个乡镇都来人了，场面弄得真有点像是县里的什么领导不幸了。所长们正在那里嘀嘀咕咕，不知是谁说了一句，到时咱去了，还真不知会有多少人来送呢！这话说得大家心里怪不是滋味的。

参加完追悼会，三天学习的安排就算要完成了，老黄问所长们，有谁还想去深圳珠海青岛威海吗？台下竟没人吭声。

老黄宣布，第一期学习就到此结束。

到了年底，县纪委对"七所八所"搞了一次颇有规模的行风评议，据说好评大增。

父　亲

贵发真的明白自己做了父亲，是在护士将一个粉红色的肉团抱到他的跟前。"喏，这是你的儿子。"

贵发明白过来后就欣喜得不知如何是好，护士说："你妻子饿着肚子哪，还不快去弄点吃的。"

贵发"噢"了一声就跑出了医院，跑到大街上，看着那些被大人们抱在怀里牵在手里的小孩子，忽然间似乎有了一种做父亲的感觉。

当贵发提着一网兜的东西走进产房时，妻子问："你弄了点什么好吃的？"贵发说："有巧克力，有奶糖，还有果冻。"

妻子问："这些东西给谁呢？"贵发说："当然给儿子。"

这话逗得满产房的人都笑出了眼泪。

儿子满月，贵发将亲朋好友都请来喝酒，席间，贵发将儿子抱出来向客人们一一展示："你们瞧瞧，像我吗？"

客人们或摇头或不吱声。

贵发急了，不由得拍了一巴掌，这巴掌正好拍在儿子

等候

的屁股上,儿子大哭,贵发反倒乐了:"你们听听,这哭声多响亮,像我。"

儿子一天天长大,可越长越不像贵发,贵发想,脸长得不像,这脾气性格总该像我吧!贵发平日爱喝酒,他认为是男人总得喝点酒,每到喝酒时,就将儿子抱上大腿,用筷子蘸上酒朝儿子嘴巴里送,可儿子不理解老子的良苦用心,不是用手打掉筷子就是号啕大哭,气得贵发大叫:"这小子真是一点也不像我。"

儿子长到七岁的时候,贵发想到古人有言,三岁看七岁,七岁看终身。于是贵发想给儿子设定个终身。

贵发以为男儿当兵是有出息的,想当年自己插队时积极报名参军,身体都合格了,可最终没去成,当时他差一点没想开。贵发不惜重金将玩具店所有种类的兵器通通买来,然后又叫妻子为儿子仿制了几套海、陆、空三军将士的制服,每逢电影院放映打仗的电影,必携儿子去观摩,经过近两年全方位的立体教育,贵发问儿子:"你长大了想当什么呀?"

"歌唱家。"

贵发差一点气昏过去,他又耐着性子问:"你想当什么样的歌唱家?"

"邓丽君那样的。"

贵发终于忍耐不住:"你小子这辈子算是完了,老子是白培养你了。兵不当做什么歌唱家？就算做歌唱家，不去做李双江、胡松华，去做邓丽君？"

自此，贵发培养儿子的热情被浇灭了一大半。

儿子上学了，贵发又发现儿子见了女同学便脸红耳赤，温顺得像只小绵羊，于是又为儿子的将来忧心忡忡。

可不管贵发对儿子如何有看法，儿子的书倒是读得挺顺当，转眼已是大学二年级了。

这天半夜，贵发起来小便，听见儿子房里有响声，贵发想儿子在学校，里面一定是小偷，便一脚踢开门冲了进去，只见儿子的床上有四条腿，两条是儿子的，还有两条是个女孩子。

贵发抡起胳膊一巴掌打过去。儿子头一偏没打着，却打中了那女孩子，女孩哭着跑了，儿子也跟着跑了。

第二天一大早，贵发还在气愤中，有人跑来告诉他："你儿子出事了！"

贵发狂奔到儿子出事的地方，见儿子倒在血泊中，便悲恸欲绝，冲上去一把抓住肇事的司机："你为什么要撞死我的儿子？"司机战栗着身子说："是他自己撞上来的。"

办完了儿子的后事，贵发神情木然地回到家里，他走进儿子的房间，猛然掀起儿子盖过的被子，发疯似的在床单上寻着嗅着，他要找出一个物证来，证明自己的儿子确确实实做了一回男人。

等候

母 亲

做母亲是极伟大的事，又是极辛苦的事，就像这位母亲，辛辛苦苦创造了三百余天，终于怀揣着胜利果实跨进了产房。可果实还偏偏不肯乖乖地落地，于是母亲先是哼着，然后号着，最后是无声无息死死攥着床单，历时五天五宿，当助产士抱着一对孪生的姐妹站到她的床前时，她便笑着晕了过去……

晕过去是暂时的，醒过来后她还得继续努力，母亲的丈夫正漂洋过海支援世界革命，喂养哄玩孩子之类的事自然就由她一个人承包了。母亲的母亲告诉女儿，哄孩子不哭其实很简单，掏出奶头朝她嘴里一塞，准笑。

母亲将两只奶头塞进两张小嘴里，她们非但没见笑，反而哭得更凶狠。原来是因为母亲的奶头里没有奶。母亲的母亲说，一定是鲫鱼汤、鸽子汤喝少了，奶没催出来。与她同厂的一个小姐妹悄悄告诉她，厂里的女工全都没有奶。

母亲只好去买奶粉给女儿吃。母亲走进卖奶粉的商店里，售货员小姐迎上来向她热情地介绍一种国外的奶粉如何如何好，当然价钱也非常好，是国产奶粉的两倍。母亲狠狠心，买了几袋拿回去冲给女儿吃，女儿果真就笑了。

可母亲的财政预算不允许她专买洋奶粉。于是就想"偷工减料"买国产的,也不知道洋鬼子搞的啥诡计,吃过洋奶粉的女儿再也不肯吃国产的,小嘴一碰到又是吐又是哭,哭得母亲也想哭,没法子,只得又去买洋货,这样财政自然就出现危机,母亲便绞尽脑汁在自己身上搞增收搞节支。

吃了两年的洋奶粉,两个宝贝女儿也长得像洋娃娃一样可爱,她们不再满足于吃奶粉,想要吃饭吃菜了,母亲就买鸡给女儿吃,因为鸡的营养好,而且长了两只大腿,两只翅膀,两块胸脯肉,正好对应着两个女儿。

女儿们再长大一些,便又懂得了什么叫漂亮,母亲就给她们戴上同样的红色帽子,穿上同样的黄色上衣,绿色的裤子,白色的运动鞋。两只小精灵奔跑在大街上,便有许多过路人立定了发出赞叹。

瞧,这母亲多么有福气,生了两个女儿,还是漂亮的双胞胎。

哟,多可爱的一对小花朵!

于是母亲也笑成了一朵花。

女儿上学读书后的第一个星期天,母亲带女儿上公园去玩,来到公园里,女儿们说,我们玩猫捉老鼠,妈你做猫来捉我们。母亲就做猫追她们,追了半天也没追上。

两只"老鼠"跑累了,嘴渴了,要吃冰激凌,母亲立刻跑去买,卖冰激凌的老太问:

等 候

要几块?

母亲说,两块。

卖冰激凌的老太说,我刚好就剩了三块,便宜一点你都买了去,多热的天。

母亲突然有些冲动有种渴望,就买下了三块,她拿着冰激凌兴冲冲跑到女儿坐的长椅前,宝贝,我们一起吃冰激凌。

两个女儿没去接冰激凌,却异口同声问母亲,妈,你怎么买了三块?

母亲的脸有些红,她低下头支支吾吾地说,我是怕你们一人一块不够吃……

女儿们开始大口吃着冰激凌,母亲却在一旁揉眼睛。

女儿们见了一起问,妈,你怎么啦?

母亲说,没有啥,眼里有粒沙。

岳 父

严格地讲,没有岳父,我就不会有与妻子的这段姻缘。当我父亲与母亲结婚的时候,母亲在市区的一家工厂上班,而父亲在郊区的税务局工作。为了一家团聚,母亲好不容易说动厂里，向父亲的单位发了商调函，父亲拿着商调函找到了当时县里的主管领导，也就是我的岳父。

岳父说，你现在不是在搞肃反吗？等肃反完了再调吧！

结果肃反的事完了，调动的事也完了，父亲没去成市里，母亲只好调到了县里。

关于这件事，我在跟岳父喝酒时问过他。岳父说，我哪还记得这些事。

1989年岳父离休了。离休后的岳父人就变了，这是岳母说的话。

每次我跟妻子到岳父家，岳母总能举出些具体事例来说明岳父的变化。岳母说，你们说说，你们爸爸怎么能这样对待单位上的事，那些新上来的干部有事打电话来，他老是一句话，我不管了，你们自己看着办。这是什么态度嘛！

妻子不同意，妈，我看爸的态度没有错。

岳母继续说，你们说说，你们爸爸怎么能这样老不正经，跑到广场上去跟一帮老太太扭在一起。

妻子乐了，妈，您也可以去，去跟一帮老头扭在一起。

一个周末，我和妻子在家吃了午饭后去岳父家。进门见岳父一个人在吃饭，妻子上前问，我妈呢？岳母听见了从房间里跑出来，她一见是我们便又开始声讨岳父，唉，你们爸爸现在变得我越来越受不了啦，说什么一顿要吃多

等 候

少个菜,什么荤的要跟什么素的搭配,烦死人了。还有,吃起饭来喉咙一下细得像根针,一碗饭要吃上老半天,你们说说,他当年参加革命有什么吃的?一天到晚行军打仗的,能有多少时间给他吃饭的?

还没等妻子为岳父做点什么辩解,岳父自己倒先说了,哈哈,你们妈妈的脑子到今天还没转过来。哼,什么转过来转过去的,我听不懂。听不懂我告诉你,就是要从革命党转变为执政党。这是哪儿跟哪儿的事。岳母气呼呼地回她房间去了。

又是一个周末,早上妻子对我说,我们有段时间没去爸妈那里了,上午就去看看吧!我们进了岳父家,见岳母戴着老花眼镜嘴里念念有词。

妻子问,我爸呢?上老干部局听什么报告去啦!那你在干吗?念诗。听说念诗,我和妻子都好奇地凑上去,一看笔迹就知道是岳父的字。星期六,听报告,有些事,你代劳,花浇水,鱼喂食,中午菜,我建议,西红柿,炒鸡蛋,黄豆芽,炒干丝,维生素,蛋白质……妻子读到这里已经笑弯了腰,我爸都快成诗人了。什么诗人!你爸说写三字经就好比吃臭豆腐,不得老年痴呆症。

岳父平时从来不要我为他做什么事,可这天竟然郑重其事地把我叫到家里。我求你件事,帮我找一个人。找什么人?我接到山东一个战友的信,他要找他的一个战友,这个人我不认识，这里只有她的名字。接受了岳父的指示，我动用了公安的同学，费了好大劲，终于在茫茫人海中找到了下落。我将她的住址告诉了岳父。

过了几天岳父打电话过来说，我山东的战友身体不好，来不了上海，我想代他去看看他的战友，你陪我去行不行？

在徐汇区岳阳路，一幢老式洋房的三层，我和岳父终于见到了岳父战友的战友，一个年龄与岳父相仿的老太太。尽管他们以前不认识，可还没说上几句话，两人便找到了共同感兴趣的话题。

他们说着苏中战役、豫东战役，还说到258团。原来258团并不是一个团的番号，"25"是要到二十五岁，"8"是参加队伍要满八年，"团"是团职干部，258团是他们当时能够结婚的基本条件。

看看天色实在有些晚了，岳父只好起身告别，这时陪在一边的老太太的女儿拿出一份印刷非常精美的介绍给我们看。介绍上说，在上海郊区一座公墓里设立了新四军陵园，陵园修得气派典雅，环境也好，凡是参加过新四军的，还有他们的配偶，都可以入葬，名字都会刻在碑上……老太太的女儿说，我已经帮我妈登记了，现在正打折呢！我问岳父，爸，您想登记吗？

岳父脸色有些不好看，并说了句不着边际的话，尘归尘，土归土。

等候

我家有只小黄狗

每日黄昏,我总喜欢站在自家的阳台上看楼下的风景。

这天黄昏,我看到了这样的景致,一个男人,一个女人,还有一条狗。

那男人的身材显然比女人矮小,可他走路时却偏偏要跟女人肩并着肩,那一串小方步迈得还挺自信挺有节奏的,一身名牌更是包装出了几分不凡。在他身旁的那个女人看起来要比他年轻十多岁,而且长得美若天仙,但在她的脸上瞧不出半点骄傲,女人一边温柔地管教着那只不停撒娇的纯种"西施犬",一边聆听着男人的高谈阔论……这是一幅让人称羡的画面。

当画面在我眼里消失不久,就听见妻子在房里大声叫唤来客人了。我走进屋里立刻呆了,怎么画面跑到我家里来了?

那男人咧嘴露出满口的黑牙冲我直嚷:你怎么不认识我了?我是"小虫子"。

"小虫子"?"小虫子"是我少年时代的朋友,小学的同学,因为人长得小,又总爱在地上爬来爬去,便荣获了这个"尊号"。我只知道他中学没念完便去闯荡江湖,跟了个师傅专门修炼掏人家的口袋,后来被逮住去了大西北。

我赶紧招呼"小虫子"坐,他便大大咧咧地坐到沙发上,然后他的女人也紧挨着他坐下了。

我先问"小虫子"这些年都干了些什么,他掏出一张印得极考究的名片,说开了家建筑装潢公司。

我又问,夫人在做什么工作?

"小虫子"说,原来在饭店打工的,跟了我,还用做吗?

然后"小虫子"又非常感慨地说,不知怎么的,这些年越是有了点钱就越是会想起儿时的朋友和同学,所以都想去看看。这话"小虫子"说得挺有感情的,不过我有点怀疑这小子的动机。

我和"小虫子"说话时,他的女人总是靠在"小虫子"的身上,默默地听着,当那条"西施犬"在她的怀里有些不安分时,她连忙用那双柔嫩的小手轻轻抚摩着它雪白的长绒毛。这是一幅让人心醉的画面。

大约一个月后,妻子说要重新装修一下房子,我便想到了"小虫子"。

我找到了"小虫子"的家,一幢坐落在市郊接合部的小洋房,开门的是"小虫子"的女人。我问,"小虫子"呢?她说到外地进木材去了,要好几天才能回来。我想告辞,"小虫子"的女人热情地说,既然来了,就坐一会儿

等　候

吧！她给我冲了杯雀巢咖啡，然后坐在我对面的沙发上。

她刚坐下来就将一只用布做的小黄狗抱在怀里，我觉得有些奇怪：咦，你们那只"西施犬"呢？

睡觉了。女人说。

这小布狗是你做的？

女人点点头。

我依然不理解，你不是已经有了一条非常可爱的名犬了，怎么还会想到自己去用块布做只小黄狗？

女人美丽的眼睛里飘过一层雾。

我家有只小黄狗，它从小就跟着我，它可是村里最乖的狗。

你明白吗？女人用伤感的眼神看着我。

我明白，我当然明白。我被女人的忧伤所感动。

什么时候回去看看它吧！我安慰道。

嗯！

女人将小布狗搂抱得更紧了。

女人的家里有只小黄狗，"小虫子"知道吗？

小 冬

小冬和我是在一条弄堂里长大的。

那时候我们也没啥书好念,整天就在一起玩,玩一种叫作"中国美国"的游戏。我们分成两帮,一帮是中国,一帮是美国,然后开战,武器是射纸弹的弹弓。

我们都喜欢跟小冬一帮,因为一旦被对方打得招架不住时,小冬就会说,快,撤到我家里去。于是我们一拥而进小冬的家,紧闭大门,然后站到靠窗的椅子上、桌子上,甚至爬到床上,当"敌人"靠近时,我们就一齐射击,看着"敌人"抱头鼠窜,我们唱歌我们欢呼。可到了晚上,我总会听见小冬家传出来的打骂声,还有小冬的哭叫声。

学生时代就这么稀里糊涂地过去了,我跟小冬一起去了农村插队,在一个县的两个公社。刚到农村自然想着好好干活儿好好表现,然后能够早点抽调上去。半年待下来,觉得又劳累又孤独,于是我想到了小冬,我跟队长告假说是到大队看赤脚医生,其实是偷偷跑去找小冬。

小冬正在地里干活儿,他对我说,你先到我屋里坐,我干完活儿就回来。我说,你把钥匙给我。小冬说,钥匙在门边上的猫洞里。小冬的房子不用小冬告诉就能找到,

等候

因为我们住的都是政府统一造的知青房,在农村一眼就能认出来。到了小冬屋前,见靠门下边的墙上果真有个洞,这洞肯定是小冬私挖的,我伸手往里一摸,真摸到了一把钥匙。

小冬回来了,他说我去做饭。我问,做什么菜?小冬说,炒鸡蛋。我又问,哪儿来的鸡蛋?小冬说,自己的鸡生的。小冬拉着我来到屋后的柴堆前,柴堆顶上躺着五颗鸡蛋,小冬嘻嘻笑着说,我养的两只鸡挺有意思的,我特意在门边开了洞,好让它们随时能回来,可它们偏偏不回来,我要吃鸡蛋了,只好来这里找。我想,不光是小冬的鸡,还有小冬都挺有意思的。

在农村插队到第五个年头,恢复高考了,我考上了大学,小冬也顶替他爸进了工厂,这样我跟小冬都回了城。小冬的脾气还是那样,喜欢热闹,喜欢叫上一帮子朋友去他家闹个天翻地覆。

我大学毕业时,正好我们居住的那条弄堂遇到市政动迁,于是我家搬到了市南新村,小冬家去了市北新村。小冬刚装修好房子,就邀我去他家玩,他怕我找不到,还特意来带我去。我随他来到他的新居,让我大吃一惊的是,他竟弯下腰去,从门口的踏垫下摸出一把钥匙来开门,我说你还当在插队往猫洞里掏钥匙,他直朝我嘿嘿嘿地笑。后来大家开始自己忙自己的事,来往就非常少了,再后来我又听说小冬跟妻子离婚了,重新做了快乐的单身汉。

这次得到小冬的消息,竟是通知我去参加他的追悼会。我得到这一噩耗时脑子里一片空白。我马上赶到小冬的家,他父亲见了我劈头就说,小冬不该死啊!

那他怎么会死呢?

前天中午我接到小冬的电话,他在电话里就说了一句"爸,我难受",就没声音了。我扔了电话拼命朝小冬家跑。

小冬又有新的家了?

小冬两年前下岗了,就自己做生意,也不知道他做些啥生意,神神秘秘的,后来又买了新房。我赶到小冬家怎么喊也喊不开门。我急得马上打"110",民警来了,也没办法打开门,他们说这是国内最好的防盗门。

门口有没有踏垫?

哪有?民警又去叫来消防队,想从窗户进去,可窗户都装上了防盗窗,也进不去啊!你说,十层楼还装什么防盗窗,等到消防队员锯断了防盗窗进去,小冬已经不行了。

小冬得的什么病?

心脏病。

我不想再问什么,默默看着桌上一张小冬的相片。小冬圆圆的脸在朝我傻笑,我想那是在柴堆里找鸡蛋、在猫洞踏垫下找钥匙的小冬。

那个小冬是不会死的。我坚信。

等候

狗　狗

　　我不知道是怎么来到这个世界的，反正我能睁开眼睛时，就发现自己躺在一只垃圾箱里。我很冷，我需要妈妈的温暖，我很饿，我需要妈妈的乳汁，可妈妈在哪里？

　　她在睡梦里突然惊醒，她似乎听到一种声音在遥远的地方呼唤着她，于是她悄悄地起床，独自走出了宾馆。这是座陌生的城市，只是因为度蜜月才会飞到这里，清晨的街道是阴冷的，于是她情不自禁地跑了起来。

　　我要妈妈，尽管我知道我只是一只狗，可我应该也有妈妈呀！妈妈，您听见我在喊您吗？

　　她从宽阔的大街跑进了一条老式的旧弄，好像听到了小孩的啼哭声。

　　我听见了，听见"咚咚"的脚步声，不，那是妈妈的心跳声，妈妈来了，妈妈那双美丽的大眼睛正在寻找我。

　　她终于看见了趴在垃圾箱洞口那只瑟瑟发抖的小狗，她毫不顾忌那里散发的异臭和肮脏，将小狗抱起。抱起小狗时，她感觉自己的心口也在颤抖。

　　我紧紧地贴在妈妈的胸口，感觉到妈妈的胸怀真的很温暖，我跟随着妈妈来到了她住的宾馆房间，妈妈先用香波为我洗澡，然后让我躺进她的被窝。妈妈被窝里的味道真好闻，可爸爸的眼神里好像有些不高兴。

她对她的老公说，我要把狗狗带回家。她老公说，你说什么呢，狗狗是不能坐飞机的。她说，那我们不坐飞机坐火车。她老公说，回程的打折机票是不能退的。她说，不能退就不退了呗！她老公睁圆了眼睛，你疯了吗？两张飞机票要两千哪，还有买火车票的钱，这能买多少条草狗！这是钱的事吗？她伤心地哭了……

我终于坐上火车跟着妈妈回家喽，妈妈的家虽然不大，可我很喜欢，整个家里都有一股跟妈妈身上一样好闻的味道。妈妈还亲手给我做了漂亮温暖的小房子让我住，可我每天醒来就是喜欢偷偷地钻进妈妈的被窝，爸爸发现了总要赶我走，可妈妈每次都会把我搂得紧紧的。

她感觉生活很幸福，有爱她的老公，还有需要她爱的小狗狗。可有一天这样的幸福被打破了，那天她感觉不舒服去了医院，医生告诉她是怀孕了，她立刻兴奋地打电话告诉了她的老公和她的妈妈。她的妈妈从老家赶过来，她要告诉女儿做孕妇的种种注意事项，其中有一条，就是不能再养狗狗。

妈妈眼泪汪汪地看着我，我也看着她。她对我说，乖，跟外婆去吧，外婆会疼你的。可我只想跟妈妈在一起，我不想离开妈妈的家。妈妈说，乖，等妈妈生完弟弟后，就

等 候

来接你。妈妈说完这句话眼泪就掉下来了,我不能再让妈妈伤心,就乖乖地跟着外婆走了。

狗狗走了以后,她每天早上一醒过来还是会想到狗狗,想着狗狗在她胸前拱来拱去跟她撒娇,想着想着便有些伤感。慢慢地,她感觉有一个小东西又在拱她,不是在胸前,而是在腹中,她又惊又喜,开始一心想着腹中的小宝宝。

我到了外婆家里,虽然外婆也疼我,给我好吃好喝的,可我还是想妈妈,想妈妈暖暖的被窝,想妈妈身上那股好闻的味道。

她的儿子出生了,她给儿子取了个小名叫小狗狗,她每天最快乐的事就是给儿子小狗狗洗澡、喂奶,然后搂着他睡觉,而她老家的那条小狗狗,她已经有些淡忘了。

我在外婆家已经住了一年多,也长大了,在我外婆居住的小镇上,我和那些蛮横无理的公狗打架,和那些贤淑温柔的母狗交朋友,日子过得倒也自在。可我还是想妈妈,妈妈啥时候生小弟弟呢?生完小弟弟,妈妈就会来接我了。

追 求

"老师,怎样才能成为一名优秀的摄影家?"

"追求。"

"追求什么呢?"

"永恒。"

"什么是永恒呢?"

"生命。"

"生命?"他感觉自己一时还无法理解,于是便驮着一个大大的问号,踏上了追寻的路途。

他一路走,一路思索着。

他走到了江南水乡,这里刚刚下过一场春雨,在滋润的空气里他举目望去,但见排排垂柳吐芽喷绿,青翠欲滴,他惊喜地凝视着满世界勃勃生机的绿意,耳畔似有生命的律动,他感动极了,便将照相机镜头对准了令他心跳的绿色。

他将这组照片取名为《生命之树常绿》,因为他依稀记得这是某位伟人说过的话。当他非常得意地将这些杰作捧到老师的跟前时,怎么也没想到老师的表情竟会是如此冷漠:"生命就是绿色吗?"

等　候

　　他无言以对，惭愧地从老师手中拿回照片。

　　他又背起行囊，挎着相机出发了，他一路走，一路想，江南的绿是否太艳太娇了点，所以老师不喜欢。他来到了东岳泰山的脚下，快捷的索道车使他不需劳累便登上了泰山极顶。

　　他开始四处寻找拍摄的景物，一棵棵好大的松树，风吹动，发出惊涛般的声响，他急忙举起了照相机，可又放下了，因为他又记起老师的批评："生命就是绿色的吗？"正茫然之际，他突然发现了一株非常奇异的松树，它的树干和树枝被雷电劈去了一半，剩下的部分也几乎成了黑色，可令人不可思议的是有一条枝丫上竟还有几簇绿色的松针，似人的手伸向苍穹。

　　"哦，这才是生命！"他激动异常，迅速将照相机镜头对准了这株松树……

　　他又得意地将照片捧到老师的跟前，老师朝照片看了一眼，淡淡地说了句："其实，生命也不是颜色的对比。"

　　"那生命到底是什么呢？"他有些发急了。

　　"慢慢地去感悟吧！"老师仍是不动声色。

　　他真有点不知所措了，真想放弃去做什么摄影家，可他最后还是决定再做一次努力。

　　这次他走向了西部，先到了敦煌莫高窟，想获取一些灵感，他被先人们的艺术想象力与为艺术献身的精神所深深感动,走出了莫高窟,他依然向西走去。前面已经没有人烟,没有树木,只有浩瀚的沙漠,枯死的骆驼草、芨芨草,他快要绝望了,可仍然没有停住脚步,同时发疯似的按动着快门。

烈日当空,茫茫的沙漠是那样寂静,只有灼人的热空气在嗡嗡作响。终于,他的脑袋也开始嗡嗡作响,他倒下了。

当他苏醒过来时,已经躺在医院的病床上,老师对他说,你已经整整昏迷了三天三夜,你是被部队的直升机发现后救回来的。

他感激地点点头,又闭上了眼睛。

突然,他又睁开了眼睛,表情十分痛苦地拉住老师的手:"老师,我是永远当不了摄影家了。"

"谁说的?你会成为出色的摄影家。"

"老师,您别安慰我了。"

"怎么是安慰呢?你看这些照片拍得多好。"老师将一沓照片递给他。

"你瞧,这一张照片,沙漠不再是死亡之海,这一片沙漠绿如草原,那一片沙漠红如鸡血,远处一片白色如羊群在奔跑,谁说沙漠没有生命?最成功的当数这一张了,金黄的太阳,金黄的沙子,中间是金黄的小草,如果说小草的枯黄是生命的死亡,那么,在这片金色的世界里,它会得到永恒。"

"老师，谢谢……"

他话还未说完，已是热泪盈眶。

画　家

　　画家对美天生就有一种敏感。

　　当他来到这个世界睁开眼睛时，就对着墙上的画痴痴地看，然后又痴痴地笑。画家小时候长得很可爱，于是就有不少男女想去抱他亲他。画家见到漂亮的女孩儿和阿姨，便会主动伸出小手并将小脸贴上去，如果遇到男的或是长得丑的，他不是瞪着小眼睛做愤怒状，便是号啕大哭拒人于千里之外。

　　画家开始会走路了，便勇敢地爬上桌子，不拿别的就拿笔，拿到了笔便画，不画鸡不画猫，就画各种姿态的小女孩。画得墙上地上到处是，于是招来父母的痛打，可他却不怕打，照画。渐渐地，父母发现他画的小女孩还真像回事，就说，你干脆学画画得了，看你能不能画出点出息来。

　　后来画家真的画出了点出息，考进了省里的美术学院。

在艺术的殿堂里，他学习了各种画派各种画技，使他将那些可爱的女孩儿画得愈加完美，愈加富有韵味。

一天，画家背着画夹到郊外去写生，当他走进一片桃树林时，突然被眼前的景色迷住了。

一个女孩儿坐在桃树下的草地上，那女孩儿长得竟跟他儿时画的女孩儿一模一样。她此刻双手托腮，凝神地看着盛开的桃花，粉红色的脸颊与粉红色的桃花相映生辉。

他看呆了。过了好长时间，他突然意识到这是一幅画，一幅绝妙的画。于是手忙脚乱地开始动作起来，忙乱中将画夹掉到了地上，这响声惊动了女孩儿。她警觉地扭过脸来看着他，当她听完他的解释，女孩儿便很温柔很腼腆地朝他笑笑，重新摆好了刚才的姿势。

这幅画整整画了一个星期，画好后他忽然想起了什么，问女孩儿："你怎么不上班？"女孩儿说："我向厂里请了假。"画家听了很感动。

画家将这幅画取名叫《人面桃花》，作为他的毕业作品，参加学院的展评，得了一等奖，学院又将它送到全国美展，居然得到许多美术界权威的赞赏。这幅画将画家送上了成功的道路。

同时，这幅画又成了画家与女孩儿的月老。

婚后，每当画家看看娇妻艳如桃花的脸，心灵上总会产生一种剧烈的颤动，这颤动又刺激着画家无比的创作欲

等 候

望,他以妻子为原型的画喷薄而出,源源不断,而且这些画在全国大赛中屡屡获奖。

他成了名副其实的画家,成了画家的他想创作出更多更好的作品来,于是更加注意观察妻子的种种神态,可他慢慢地发觉,妻子的神态不再像从前那么摄人心魄,充满神韵,有时竟显得非常平庸与粗俗,更糟的是妻子的脸也不再是艳如桃花。

画家好失望。

画家的创作灵感全没了,他觉得很痛苦。

画家决定背起画夹去追寻新的美丽、新的灵感,妻子问他什么时候回家,他说不知道。

妻子哭了。

画家毅然跨出了家门。

画家在江南水乡画倚着小石桥、荡着小木船的女孩儿,在塞北草原画骑着骏马、抱着小羊羔的姑娘,画家仿佛又回到了创作力旺盛的过去。可令他百思不得其解的是,画了这么多的作品,竟然没有一件能够超越他的《人面桃花》。

这天下午,天下起了雪,画家在回旅馆的途中,发现有个老人坐在河边的石凳上,便上前对老人说:"大爷,天下雪了,快回家吧!"

老人却不领情:"你是干什么的,来管我?"

"我是画画的,刚好路过。"画家说。

"你是画家?能给我妻子画张像吗?"

"能,你妻子呢?"

"她死了。"

"那怎么画?"

"我说她的模样,你画,行不?"

"行。"

"她有一头很黑、很亮、很柔软的头发,她的皮肤很白,很细腻……"

画家将画好的画交给了老人:"她死了这么多年,您还记着她。"

老人说:"什么这么多年?她是上个月刚离开。"

"那她多大年纪?"

"六十三岁。"

"六十三岁?"

画家感到简直不可思议,老人描述的是六十三岁的老伴吗?他正想问个明白,突然注意到老人的一双眼珠子不会动,原来他是盲人!

画家不由得将自己的双眼紧紧闭上。

画家回到旅馆,立刻退了房间,连夜登上了回家的列车。

等候

评 奖

A市某报举办摄影大赛，征得参赛作品三千余件，经组织者初选，有十幅照片获得提名。

为了体现大赛之公正和权威，组织者四处奔走热情相邀，请得评委九人，均为当今圈内颇有影响的摄影大家、评论专家或摄影家学会领导，评奖规则是由评委以无记名投票方式决定一、二、三等奖。

某日，九评委被拉到A市郊区一新建的度假山庄，该山庄依山傍水，景致迷人。评委们下了车个个心情舒畅，根据安排，第一天上午看作品，下午投票公布结果，第二天、第三天纯粹是放松放松了。

十幅照片，很快就看完了，便提前进入午餐。午餐完毕，也就是下午了，评委们直接到会议室开始投票，组织者一点人数，发现少了一名评委，一问才知是多喝了几杯，睡了。好在还有八位评委，无碍大局，投票结束，二等奖、三等奖很快就出来了，就是一等奖有点小麻烦，有两幅照片各得四票，旗鼓相当，不分伯仲。

组织者找来这两幅照片，立刻为评委们的慧眼所折服。

一幅照片上是一条由近及远的河流，河流上有一群由

大至小的蝌蚪正奋力向前游去,河岸边有一小男孩做思索状。评委的评语是这样写的:这是一幅极有意境的作品,这里,你可以看到一种生命的张力与艰辛。

另一幅照片上是一群女孩子正在嬉笑打闹,这时,有几个身穿袈裟的小和尚正从她们身边经过,小和尚们都低着头,口中念念有词,可从他们微微有些侧向女孩的脸上,似乎看到了另一种向往。投票的评委们是这样评价的:你从照片上看到的是非常有趣的组合,一种极端的对立与极致的和谐融合在一起,你能感觉到的是惊心动魄的人性魅力。

尽管两幅都是好作品,可两者必须取其一,组织者决定第二天重新投票。

第一天的评选工作就算告一段落了,然后是用晚餐,晚餐完了是跳舞。当评委们乘着酒兴刚滑进舞池,突然停电了。组织者连忙去找山庄的管理人员,管理人员说,真对不起,配电房出事了,今晚怕是来不了电了。

评委们一个个垂头丧气地回到房间,去找服务员要蜡烛。服务员说,真抱歉,还没来得及准备呢!评委们别无选择,只有上床睡觉。

第二天上午,九名评委齐了(那位多喝了几杯的也醒了),又开始投票,结果令人出乎意料,九张选票全给了同一幅作品。

更令组织者感到惊讶的是,这一等奖作品既不是小蝌蚪,也不是小和尚,而是一支小蜡烛,在一张非常老式的旧桌子上插着一支蜡烛,蜡烛发出一片橘红色的光,蜡烛的边上卧着一只老猫。

这是一幅最令人感到温馨的照片。

评委们如是说。

油　腻

播音喇叭开始响起来了:"地铁马上就要进站了,请大家退到安全线后面依次排队上车。"这个时间乘坐地铁的人也不算多,每排也就排了两三个人。

这时,一个中年男人不知从哪冒了出来,晃晃悠悠地一连走过三排队伍,然后在一个女孩身边停了下来,他朝女孩看了几眼,便很有礼貌地问,请问这是2号地铁吗?女孩答,是啊!又问,是去虹桥火车站的吗?女孩又答,是啊!女孩觉得这个人问的问题都很奇怪,因为答案都在头顶上方的牌子上写得明明白白的,所以她就朝他看了一眼,一张油光光的圆脸,架着一副黑框眼镜,正眯着眼朝她点头微笑。

车进站了,她上了车,他也紧随其后跟着上了车,她在椅子上坐了下来,他也紧挨着她坐了下来。他对着她说,听口音你好像是从外地来的吧?女孩点点头,是的,我是安徽人。

噢,你是安徽人。有个作家,是个女作家,叫戴厚英,写过《人啊,人》,就是你们安徽人。还有欧阳修的《醉翁亭记》,写的就是你们安徽滁州琅琊山上的醉翁亭,"环滁皆山也……"他开始背诵起来。女孩面无表情,两眼看着车厢里的地板。他背诵了一会儿,似乎也觉察到了不对路。对了,小燕子赵薇也是你们安徽人。女孩还是没有反应。那你在上海,上海菜吃得惯吗?上海话听得懂吗?

女孩终于回了一句,听不懂。听到她开口了,他一下来了精神,我对侬讲啊,侬在上海工作生活,侬要听得懂上海话,最好还会讲几句,这个老重要的,也是老要紧的。比如侬去问路,侬要讲,侬好,到啥地方哪能走?再比如,侬去菜场买菜,侬要讲这只菜几钿一斤?还有……

女孩子已经戴上耳机,而他依然兴高采烈,滔滔不绝。

这时,坐在对面椅子上的一个男孩开口了,对他说,叔叔,我也是刚到上海的,也想学上海话。他朝那男孩看了一眼,没搭理他,继续侧过脸去对那女孩说。男孩提高了嗓音,叔叔,你也教教我。男孩的大嗓门将周围的人都吸引到他的身上,他顿时觉得有点尴尬,不得不转过脸来

等候

应付一下男孩。

好吧,你想学什么?

男孩说,我说一句普通话,您就告诉我上海话怎么说,好吗?

他勉强地点了下头。

于是,男孩说一句普通话,他就说一句上海话,开始的时候两人一来一往还很顺畅,可渐渐地他感觉有点跟不上了,油光光的脸上开始冒汗,因为男孩似乎在故意挑一些很难翻成上海话的句子。

他终于有些明白了,他意识到自己被捉弄了。哼,侬捣糨糊,侬是上海人!

男孩一脸得意地看着他。

他决定不再去理他,可当他转过脸来时,发现女孩已经不见了。

他悻悻地下了地铁,然后又开始在站台上晃悠。

遭遇大师

说实话,凭我的智力,我是绝不会料到我会在山上遭遇上大师的。

我与妻儿不远千里来到山上，纯粹是想暂避城市的欲望和喧嚣，偷偷地放松几天。

第一天导游小姐率我们去游玩一个山洞，洞内也挺一般，可洞顶上竟然裂出一条长缝，能见着天。导游小姐说，这是世界上最长的"一线天"。

于是我抬头仰望，看到裂缝里居然还有一种白色的鸟在飞。导游小姐说，这是一种罕见的白蝙蝠，极珍贵。儿子不解，悄悄问，爸，我在家的时候见到的都是黑蝙蝠，怎么会有白蝙蝠呢？我说，有，这叫天外有天，人外有人。儿子还是不明白。

从"一线天"出来，导游小姐笑盈盈地宣布，今天的游程安排到此结束。我抬腕看表，才下午两点，导游小姐似乎看出我的心思，又笑盈盈地问道，你们有兴趣吗？你们有兴趣的话，我可以带你们再去一个地方玩。

行走约半小时，前方出现许多仿明清建筑，门前飘扬的大多是酒旗，意想不到的是，导游小姐带我们绕过那些茶楼酒肆，直奔写着某某艺术馆的院子。莫非她真能嗅出鄙人身上的几分酸臭味？我不由暗暗称奇。

导游小姐冲我说，你先去购票。我便乖乖地购票，每张票二十元。购完票，从里面迎出一位与导游小姐一样年轻的女孩，她脸上笑得比导游小姐还迷人，我姓莫，你们可以叫我莫小姐。

等候

莫小姐先带我们看前言，说是看，其实是听她背诵："某某，号某某某某，神笔，大师，国宝，形清癯灵慧，性狂放不羁……集诗、书、画、影、篆、根、微、雕、塑为一体，全方位致新致远，实乃当今旷世之奇才。"就在莫小姐背诵时，我也在非常努力地思索，这大师我怎么就没听说过，又一想，我只写了几篇小说，不知道的事自然多得很。

前言完了，当然要言归正传，不过，在此我先不得不脸红地向大家坦白，大师的诗、书我都没认真看，也看不懂，因为我一看见会飞的字就头晕犯迷糊。大师的画我是看懂了，画中的仕女如村姑般健壮，也另有一种味道。给我印象最深刻的还要数大师的根、微雕，大师的根雕，浑然天成，极富想象，比如两枝树根缠绕在一起，大师既可以取名"天上人间"，也可以称"亚当与夏娃"，或者干脆就叫"男欢女爱"，可见大师的思维之开阔。

走进微雕馆，莫小姐就叫我儿子脸贴着橱窗玻璃看。莫小姐问，你看到什么了？儿子说，我看到一只万花筒。莫小姐说，怎么是万花筒呢？是望远镜。又问，里面有什么？儿子说，好像有英文字母。莫小姐说，那是美国的《独立宣言》。儿子脸上有些吃惊的意思。莫小姐说，一粒米大小的地方能刻下一部《独立宣言》，你觉得不可思议吧？

还有更不可思议的呢，大师从没念过英文，全是凭着意念，一夜之间将这么多洋文一字不漏刻上去……在念中学的儿子是认识几个英文的,便口中念念有词,突然他抬起头来问莫小姐,大师长什么样?我能见到大师吗?

莫小姐好像就等着这句话,竟激动得一连数声说,在,你们呀真是太幸运了,明天大师就要出国讲学去了。

当我们走进大师的办公室,见大师直直地坐在一张花梨木的太师椅上,有六十多岁。大师说话的嗓音非常低沉,我奋斗四十余年,才成今天的大师、国宝,道路崎岖,多少故事,可我实在没有时间跟你们具体地讲,好在有一本书专门记录下来了。

此时站在大师身边的一位年轻貌美女子,手脚非常利索地拿出一本写着大师名字的传记放到大师桌前,大师便亲切地问我儿子姓名,儿子顿时脸涨得绯红,异常激动地将名字告诉了大师,于是大师挥笔在书上题词签名。完了,大师身旁的女子竟又拿出一本传记来,我感觉不妙,抢在大师问我姓名前,赶紧起身感谢大师对我儿子的教育和关怀,妻子也配合得极好,拿过签着儿子大名的那本书就付款,书款八十元。

我们与大师的告别是有些仓促的,彼此都有些尴尬,好在又有新的仰慕者进来了。

等候

游客心情

老Z单位上每年都要为职工办件实事，今年是组织大伙去海南旅游。

老Z刚踏上海南的土地，便见满城长着一种树，这树高高秀秀的，颇有几分曲线，其上身还挂着一串串椭圆形的果实，极像女人丰满而结实的乳房，于是老Z便有一种莫名的骚动。

老Z找到导游，导游是个皮肤黑黑、眼睛亮亮、嘴唇比较厚的海南小姐。

老Z情绪激动地问，这是啥树？

导游小姐说，你没喝过它的奶吗？椰树。

老Z欣喜地"哦"了一声，老Z凡参加聚会宴请，始终爱喝椰奶，以至人们已亲切地叫他"椰奶先生"，老Z觉得这是个非常甜蜜而又亲热的称呼。

如今得知眼前这些长得妖妖娆娆的树木，竟然就是能挤出甜甜椰奶的椰子树，老Z情不自禁地扑了上去，用手不停地抚摸着椰树光溜溜的身躯，眼微合，口微张，感觉有椰奶如女人的乳汁正滴进他的嘴里，一滴，两滴……

这时，有人高呼，喂，老Z，你在干吗？小心椰子掉头上，砸你个头破血流。

可我们的老Z纹丝不动，他巴不得椰子真的掉到头上来。老Z断定，椰子掉到头上一定是有肉感很有弹性的，犹如与女人的胸脯相撞。老Z在朦朦胧胧中听见导游小姐在说，我们海南的椰子树呀就是有灵性，你瞧，这么多的椰子，从来不砸人。

真的没有砸到过一个人吗？老Z转头问。

导游小姐停了停说，要说砸也只砸过一个人，那是在"文革"期间，有一次江青来海南，就住在海口的一家宾馆里，这天大清早她跑到椰子树下，刚开口哼样板戏，谁料椰子从天而降。

老Z闻言脸色大变，立即兔子似的逃离椰子树。

在海口前往温泉度假村的路上，嘴唇厚厚的导游小姐欢快地说着一些不荤不素的故事，说得一车人全都心痒痒的。快到度假村时，导游小姐突然压低嗓门，神秘兮兮地说，我还要提醒各位先生，你们住的度假村，晚上会有人打电话进来，还会有人来敲门，当你们听到敲门声，千万别随随便便就把门开了。你们先要从猫眼里张望一下，不张望一下就开了门，如果进来的是个鼻子不是鼻子、眼睛不是眼睛的小姐，你是让她进来还是不让她进来？你让她进来你不痛快，你不让她进来她不高兴，她一恼喊起来，到那时就麻烦了。

等　候

　　全车人大笑，老Z也笑得喘不过气来。

　　大巴驶进度假村，导游小姐开始分发住宿房间的钥匙牌，两个人一间，可分到最后，老Z落了单，竟意外独住一间。到房间放下行李，老Z便去餐厅吃晚饭，吃完饭，同行问老Z，是先到外面转转，还是先摸几圈？老Z说，今晚上我不想转，也不想摸，就想睡觉。

　　老Z一个人回到房间，往床上一躺，顿时一股从未有过的自由与惬意在血管里窜来窜去，老Z决定先洗个澡，在车上就听导游小姐说，这里的温泉含有丰富的矿物质，能活血。老Z拧开温泉的水龙头，流出的水却有股硫黄的怪味，老Z想，这味道不好，让人闻了不雅，于是便打开另一只龙头洗自来水，洗完澡，老Z坐到沙发上看电视。

　　老Z将电视机的音量调得非常小，眼睛负责看电视，耳朵负责听动静，电视里好像说两个女人在追一个男人，追着追着，怎么会又一个都不追了。

　　四周十分安静，电话铃没响，敲门声没有。后来老Z干脆将电视机关了，然后跑到门后，从猫眼里朝外瞧，只瞧见对面白晃晃的墙。老Z开始抽烟，在地毯上散步，最后，他决计将房门打开……

　　凌晨一点钟了，房门开着也是白开着。老Z大脑皮层也已从兴奋转入抑制，一边打着哈欠，一边无奈地把门关上，打算睡觉，刚挨着床又猛然跳起来，他突然想到，来到温泉如果连温泉浴都没洗上,岂不是赔了夫人又折兵。于是老Z放了满满一浴缸的温泉水,然后跳了进去。

老Z一声惨叫,温泉水怎么这么凉!

日光浴

这是距美国南端迈阿密不远的一座海边小城,有挺不错的海水、阳光和沙滩。可许多年来,崇尚日光浴的美国人只知道坐飞机轮船远渡重洋跑到夏威夷去,小城却一直无人问津。

自从迈克尔当上了市长,他就决定要实现他竞选时的诺言,让小城成为第二个夏威夷,使全城人都能享受到旅游带来的繁荣。

迈克尔以重金请来各路专家,煞费苦心研究了大半年,终于有了惊人的发现。这里的阳光要比夏威夷的热烈而少尘埃,这里的海水要比夏威夷的纯净而富含微量元素,就连这里的沙子也要比夏威夷的温柔体贴。这是一项多么伟大、多么令人激动的发现啊!

迈克尔立刻跑到报社、电台、电视台,要求他们像当年的B-52轰炸机在越南的精彩表演一样,将这一重大发现

等 候

做连续、密集、地毯式的轰炸报道。此招一出,终于炸得许多原来准备奔赴夏威夷的美国人掉转方向,拥进了小城。小城原本寂静的沙滩顿时热闹起来了,旅馆、酒吧、专卖旅游用品的商店一下遍布小城。小城兴旺了,小城的市民们也为渐渐鼓起来的钱包而兴高采烈,纷纷诉说迈克尔的伟大。

而迈克尔此刻也是踌躇满志,决定竞选连任市长。

这天上午,迈克尔市长正坐在办公室里与几位助手商量竞选连任的事,这时市立中学的埃伯特校长请求接见,埃伯特可是位在当地颇有影响的社会名人,同时也是迈克尔多年的老朋友。

迈克尔见埃伯特气呼呼的模样就问,老朋友,有什么事吗?

迈克尔,你知道我的学校有多少学生逃学吗?

不知道。

你知道他们为什么逃学吗?

当然也不知道。

他们都拿着望远镜,趴在海滩边的树林子里。

那是做什么?

做什么,他们都在津津有味地欣赏光着屁股躺在沙滩上的太太小姐们。

哦,竟有这样的事?迈克尔感到非常吃惊。

迈克尔，我建议你提请市议会通过一项法令，禁止在海边裸泳。

亲爱的埃伯特，禁止裸泳是不是违背了我们的《独立宣言》呢？我们美国可是个尊重人权的自由国家。

迈克尔，你是不是还想得到我和我的同事们的支持，还想得到学生家长们的支持呢？

埃伯特走了，迈克尔坐在那儿又想了老半天，最后还是决定提交市议会通过一项法令，禁止裸泳。

经过激烈的辩论，市议会最终通过了禁止裸泳的法令。

警长莱斯便带着部下开始到海滩上执法，严禁一切男女裸露全身。男人一律要遮住下面羞处，女人除了要遮住下面羞处，还要遮住上面突出的部分，违者罚款，再违者拘留。

这一法令马上招来众多泳民的强烈反对，他们大骂执法的警察是不开化的乡巴佬，许多人便开始从小城撤离，原来繁华的小城一下又冷清了很多。

这下那些靠泳民们发财的市民们可受不了了，他们群情激愤，打着标语、喊着口号围住了市政府。

站在办公室窗前的迈克尔急得团团转，这些市民的选票可不能丢啊，但是依了他们，埃伯特等人又岂肯善罢甘休？上帝啊，真是太难了。

愁眉苦脸的迈克尔回到家，刚跨进家门，就听见妻子

等候

在浴室里喊，亲爱的，拿件浴衣给我。

迈克尔拿着浴衣走进浴室，见妻子柔软的身体正在半透明的淋浴房里一起一伏，他突然来了灵感……

几天后，海边租售游泳用品的活动房前竖立起一块硕大的广告牌，上面是这么写的：当您躺在沙滩上时，您可以用这只美妙无比的罩子罩住您的身体，从此，可怕的紫外线将百分之百地不会伤害到您的皮肤，同时您还可以将令人讨厌的短裤乳罩扔得远远的，让身体百分之百地接受阳光的爱抚，更不必担心警察再找您的麻烦。

有好奇的真的跑去租借一个这种仿人体形状的透明塑料罩子，往光溜溜的身子上一罩，可见了警察心里还不免有些紧张，没想到警察一个个像是没看见似的过去了。

这下他们来劲了，见了警察还故意问，先生，我没有裸露全身吧？很快，许多人都去租借这种罩子，而且，更多的人来到了小城。

泳民们说，这太有意思了，太有美国式的幽默了，我们喜欢。

更令人称奇的是逃学的学生也没了。据曾趴过树林子的学生回来说，我的上帝，真是太可怕了！怎么海滩上白茫茫的一片净是棺材。

秀　发

薇上小学的时候常常跑回家问母亲："娘，好多同学都爱玩我的辫子，问我吃了啥，辫子会这么粗这么长，又这么黑的。"

娘说："吃啥，天生的，娘生你的时候，产房里有八个女娃，就你的头发长得又黑又密，可讨人喜欢了，那些医生护士都抢着要抱你咧！"

"真的呀？"薇听了总显得又惊又喜。

薇上中学后，课程多作业也多，她每天起早摸黑挺辛苦，娘见了心疼，对薇说："要不，把辫子剪了吧，每天早上也好多睡会。"

"不嘛，我不困。"薇说。

后来薇考进了一所名牌大学，学国际贸易，她从偏远的小县城来到了远东第一的大都市。开学那天，薇刚踏进教室，就发现同学们都盯着她两条又粗又长的辫子看。一开始薇还觉得挺得意，可马上就发现那些眼神有点不太对劲，而且还在窃窃私语：

"什么年代了，还拖这么两条大辫子。"

"一幅 18 世纪的肖像画。"

等　候

薇的脸忽地热起来，她悄悄地瞟了一眼班里的女同学，竟找不出一条辫子来，薇一下觉得自己的两条辫子好土好沉重……

下课后，薇跑回宿舍，第一次用充满敌意的眼神打量着镜中的辫子，她拿起剪刀，可怎么也下不了手，愣了好一会儿，便将两条精心编织的辫子解散了，一头长发披在她的身上。

第二天上课，薇急急忙忙走进教室时，发觉许多长发散落在胸前，于是她下意识地将头往后一甩，想把头发甩到脑后去，顿时，满头的秀发温柔地向四处飘扬，随后又似黑色的瀑布飞流直下，好看极了。

"哇。"众多的同学都发出惊叹。

以后薇走进教室或是在校园里散步，有意无意之间总喜欢将头甩一下，每当秀发飘扬起来时，许多男生如痴如醉，而许多女生羞愧得低下头去。

薇的长发便成了校园里的一道风景。

转眼薇大学毕业了，薇嫌学校分配的单位不合适，便决定自主择业。她来到某跨国公司在中国的分公司，坐在老板台后面的罗伯特总裁对薇说："我们招聘的销售人员不是填几张外贸的单子，而是要跑遍中国的每一个角落，很辛苦的。"

薇头一甩："我不怕辛苦。"

罗伯特突然注意到薇飞扬起来的长发:"噢,多美的头发!"罗伯特情不自禁地赞叹。

薇被录用了,报到那天,罗伯特对薇说:"恭喜你,你已被聘为总裁秘书,月薪三千美元。"

这是个令人羡慕的工作,薇很激动:"罗伯特先生,我将做些什么工作呢?"

罗伯特说:"我会安排的。"

一连几天,罗伯特除了跟薇闲聊外,没安排她做任何事,薇难受极了,又问:"我该做些什么事呢?"

"你坐在那里就是工作。"罗伯特眯着眼说。

"这算什么工作?"

"这当然是工作,你使我看到了美好的东西,你使我产生了激情……这对于我是非常重要的。"罗伯特挥舞着手臂,表情很亢奋。

又一天开始了,薇走进总裁办公室,罗伯特一下惊叫起来:"你……你的头发?"

"剪了。"

"你为什么要剪?!"

"因为它是累赘。"

"你……你不能再做我的秘书了。"

"我想去做业务员。"

"我告诉你,业务员是没有固定薪水的,还有,两个月

等候

做不出成绩,你就给我滚蛋。"

"OK。"

薇甩了下头,走出了总裁办公室,她甩头时的动作还是那么优雅漂亮,只是黑色的瀑布已经消失了。

芳

芳生在皖北的山里。

芳出生的时候,爹瞧着芳的三个姐姐,重重地叹了口气,说,就不要了吧!芳的娘就掉眼泪。芳的爹抱起芳就要朝外走,芳的舅来了,他从芳的爹手里一把夺过芳,说,再怎么也是自家的亲骨肉呀!

芳终于被留了下来,她好像立刻明白了活在这个世界上多么不容易,所以她饿了不哭,尿了也不叫,只用一双小眼睛怯怯地注视着这个世界。

芳渐渐地长大,她似乎比她的姐姐们更知道生活的艰难,每次吃饭,她总是吃得最慢,等到锅里的饭吃完了,芳的爹娘问芳吃饱了吗?芳总是使劲地点头,大声说,吃饱了。

转眼到了上学的年龄,芳对爹说,我要去上学,这是她打出生以来提的第一个要求,芳的爹挺难过,抚摩着芳的头说,孩子,就不念了吧!

芳哭了,哭得很伤心。

芳便每天一个人跑到村前的山上去,伸长了脖子朝远处一排泥土垒成的房子眺望,那是她想去读书的学校,芳将映山红的花朵往自己的脸上抹,把小脸抹得鲜红鲜红的。

后来芳不能上山了,因为娘给她添了个小弟弟,她就专门照看小弟弟。看了三年小弟弟,娘又叫芳下地干活去。芳就跟着爹娘每天在田野里劳作。尽管芳日复一日、年复一年地风里来雨里去,而且吃的又是粗茶淡饭,可芳在一天天长大,一天天变化,待到她十七岁的时候,全村的人仿佛刚从睡梦中醒来,天上怎么突然掉下了个"林妹妹"。

老人们说,活这把年纪还没见过如此漂亮的女娃子。

后生们说,谁要是和芳圆了房,就是立马去死也值。

芳听了这些话,觉得挺可笑,她依然跟着爹娘一心一意种庄稼。眼看丰收在望,谁料洪水却先到了,爹娘看着白茫茫的大地撕心裂肺地哭,芳也默默地望着天上飘忽的云彩直发愣。

没多久,村里来了几个上海人,说是招募姑娘到上海去做工,村里的姑娘们全去报了名,芳也去了,录取的名单一公布,芳在第一个。于是芳告别了养育她的山村与爹娘,第一次走出了大山。

等 候

汽车驶进繁华的大上海，立刻有数不清的漂亮高楼、汽车、男女一齐扑到芳的眼前，芳和姑娘们眼珠拼命地转，还是来不及看，这时带队的上海师傅宣布说，汽车在市中心停一小时，大家下去好好看一看。姑娘们欢呼着跳下了车，芳兴奋得不知自己的腿该往哪边迈。

忽然，芳看见马路的中央有一张色彩非常艳丽的画，画的中间是个光彩照人的仙女。

于是芳不顾一切地跑过去，就在她弯腰去捡画的一瞬间，有辆汽车迎面而来，芳的身体便像一片叶子飞了起来……

芳死了。她自然不会再知道，那画其实是街上在散发的洗发水广告。

而且芳更不会明白，那司机肇事竟是因为看她看走了神。

林秀宇

这是做律师后的第一次听业务讲座，赶到会场时间还早了许多，于是就一个人坐在休息室里抽烟，忽听有人叫我，抬头寻找，没想到竟是十二年未曾见面的大学同学林

秀宇。

一阵惊喜之后,我问,你一眼就认出我了吗?

那当然,谁能逃过我的眼睛。说完,林秀宇又从上至下看了我几眼,说,其实你就是胖了些。然后,她问我,你看我有什么变化吗?

沧海桑田,风韵依然。

你又在颠倒是非忽悠人了。她笑着指责我。

这确实是颠倒是非的话,在我们男同胞眼里,班上八个女同学中,造物主对她是最不负责的,给了她不到一米六的高度,却给了她一百几十斤的肉,给了她一双不算大的眼睛,却还要逼她戴上八百度的眼镜。可世界又总是平衡的,她可以写一手很漂亮的文章。

你知道吗,我跟人打过赌,说林秀宇今后不是当作家,就是做记者。看来我是输了。

你绝没有输。

她爆发出一阵非常响亮的笑声,我真不敢相信这笑声来自如此平坦的胸膛。

我先是老老实实当了两年律师,然后战胜了五百名竞争对手,考上了市广播电台的记者。

这么说,前几年我在电台新闻里经常听到的记者林秀宇就是你?

还会有谁呢?可我后来意识到当电台记者不过是流

等 候

水落花，你想，写了稿子，播音员一播完，还能留下什么呢？所以我又调到妇女报当记者，这样我的文章就可以留在报纸上，还可以编成书，律师只是兼职的。

你不愧是我们班的才女。说这句话我是真诚的。

这次她笑得很优雅。

然后我又问起班里其他几个女同学的情况。

她问，读书的时候，你知道教社会学的那个小老师追求郑丽秋吗？

好像听到有人议论过。

毕业后郑丽秋和那个小老师结了婚，还生了个女儿，可又离了。我去看过郑丽秋，可惨了，一个人带着女儿……小老师倒当上副教授了。

还有那个小花，你有印象吗？

你是说长得挺像陈冲的宋萍萍吗？

她死了。

她死了？！

她毕业后也当了律师，后来一个日本人在中国打官司找了她，她就帮日本人打赢了官司，然后跟着他去了日本。可去年春节，听说她在东京跳了楼。

还有我们班上的吴音……

这时讲座开始了，林秀宇的介绍只得中断。

讲座结束后，我在会场外的大门口又遇上了林秀宇，她说马上要赶去会见一个当事人，又是一件棘手的离婚案件，她说晚上还得加班，为报纸的妇女信箱写答案，这次的问题是：当丈夫提出离婚时，你该怎么办？

好，再见了。她很潇洒地挥挥手。

我目送她走出大门，出了大门她在花坛前停了下来，从包里掏出一面小镜子，一支口红，她照镜子抹口红的神态竟是如此专注。

十多天后，当我随意翻阅妇女报时，一行触目惊心的黑体字跳入眼帘：我报名记者林秀宇不幸逝世，终年三十八岁。

我简直不敢相信自己的眼睛，一把抓起桌上的电话机。

我是林秀宇的大学同学，能不能告诉我她是怎么死的？

接电话的是个女孩子，她声音低沉地告诉我，林老师前天晚上写完稿子，就在家里洗澡，她开了煤气取暖器，可谁知煤气取暖器的皮管上有个裂缝……

她的家人呢？

她和父母不住在一起，她就一个人住。

她就一个人住？

是的。

我默默地放下了电话听筒。

等候

照 相

每日下班回到家中,她总喜欢先坐到梳妆台前,闭会儿眼,喘口气,然后看一眼镜子里的自己,镜中的她还是那样楚楚动人,于是她便会对着镜中的自己做个怪脸,随后又去忙她该忙的事。

这天她刚在梳妆台前坐定,女儿奔了进来:"妈妈,妈妈,我升学考试考了全校第一,不,还是全区第一。"

"真的?"她接过女儿手中的成绩单,激动得也像她的女儿,"你真是妈妈的好女儿,乖女儿。"

女儿撒娇地朝她怀里钻:"妈,您说应该不应该奖励我?"

"应该,应该。"她搂住女儿一连声地说。

星期天休息,她陪着女儿上街去买奖品。走了好几条的街,逛了数不清的店,女儿却一件东西都没看上。

她急了:"你到底要什么?"女儿说:"我也不知道。"

这时,她们走过一家挺大的照相馆,女儿停住了脚步,直朝橱窗里看,看了好一会儿,她指着橱窗里的照片对妈妈说:"妈,我想照一张这样的相。"

她顿时惊得脸都变了色:"女儿,你胡说些什么呀,你才十四岁,怎么能拍结婚照呢?"

"怎么是结婚照呢?这个大姐姐可是一个人拍的呀!"

"你看清楚她身上穿的是什么衣服了吗?那是婚纱。"

"妈,我就是想穿这样的衣服拍照嘛!"

"不行。"

"好妈妈,我求求您了,让我拍一张吧!"

在她的记忆中,女儿从来没有这样苦苦地求过她,但她的态度仍然非常坚决,小孩子不能拍。

女儿伤心地哭了,泪水夺眶而出:"妈,我常做一个梦,梦见我从天上掉下来,那么高的地方掉下来多可怕呀,我就拼命地叫喊,突然,我的衣服变了。我的衣服能飘起来,于是我像鸟一样飞呀飞,我快活极了,妈,您知道我穿的是什么衣服吗?就是这张照片上的衣服呀!"

她听得出了神,朦朦胧胧中,她依稀记得自己好像也做过类似的梦……

于是她领着女儿走进了照相馆,摄影师了解了她的来意,竟笑得前俯后仰:"怎么,这算是模拟呢,还是预支?"可她却没笑,而是非常郑重其事地告诉摄影师说:"这是一个梦。"

三天后,照片印出来了,女儿手捧着照片问她:"妈,您说我像不像个安琪儿。"

她点点头说:"像,真像。"

等　候

女儿拥着照片睡着了,她从女儿手上拿下照片,然后久久地凝视着照片上天使般美丽可爱的女儿,渐渐地,她的眼前又出现了十四年前的那个深夜。

她下班回家,走过街心花园,忽然听见有婴儿的哭声,她没有一丝迟疑就朝哭声跑去,在石椅上找到了一个女婴,她像母亲似的,将女婴紧紧抱在胸前,当时她才十九岁。那女婴也怪,小脸贴到她的胸口便不哭了,还冲着她笑。

她将女婴抱回了家,她的母亲先是不吱声,时间长了,便三天两头要她对自己有个说法。她对母亲说:"非要个说法干吗?我不想勉强别人,也不想勉强自己。"就这样过了十四年,至今还没有个说法。

今天晚上,对着女儿的照片,她不知怎么忽然有个非常强烈的想法。

第二天,她特意向单位上请了假,将自己精心地打扮了一番,镜子里的她显得更加楚楚动人,她走进了女儿拍照的那家照相馆。

走进照相馆时,她忍不住笑了,她觉得自己和她的女儿都挺有意思的。

连衣裙

我有了新的邻居，因为我又搬家了。

至于新的邻居是何许人我起先一点不知道，直到有一天妻子回家兴高采烈地对我说，真没想到哟，住在我们对面的会是卫校念书时的同学孙勤。我当时不知在做什么，只是心不在焉地"嗯"了一声。

妻子继续激动地对我说，孙勤可嫁了个大画家。

画家？我不由来了兴趣，因为我虽是个生意人，可有时也爱去听个名人报告。前不久，我去听某名人做报告，那名人给我的感觉是脸非常苍白，嗓音低沉。他一口气说了三小时，其中有一句话给我的印象最深，他说，你可以一夜之间成为富翁，但你一夜之间绝对成不了贵族。当时尽管我一下还不太明白，可我心底已经认定某名人其实就是令人崇敬的贵族。现在妻子说到画家，自然也是我的崇敬对象。

妻子说，什么时候到对门去玩玩，我立刻响应说好。吃罢晚饭，趁儿子在做功课，我跟妻子就去敲响了对面那扇防盗门。

开门的是个跟我妻子年龄相仿的女人，我想这就是妻

等　候

子所说的好同学孙勤了。妻子和孙勤的见面非常热烈，我在一边闲着没事，便朝妻子的同学上上下下看了一遍，发现她们两人竟是如此相像，一样直直的短发，一样的眼圈、眉毛、嘴唇都没有化妆，一样的脖子、手指上没有贵金属围绕，一样穿着既不亮也不透的衣服。

孙勤同我妻子说了好一会儿话以后，终于发现了我的存在，便转过脸跟我客套了几句。

我便趁这机会问，你那位大画家呢？

她手指指关着门的那间屋子说，在里面用功，我去叫他出来。我说别影响了他的创作，我们到门口瞧一眼就行了。

于是孙勤就带我和妻子推开了画室的门，妻子突然一声尖叫，画家显然被惊动了，他迅速转过身来，不过他没有生气，而是笑眯眯地对我妻子说，一定是画布上这么多不穿衣服的女人把你吓坏了吧？

孙勤忙将我们介绍给画家，然后又对我们说，喏，这是我的先生，姓张，是个画家。

张画家伸出手来，我赶紧握住了他的手，我感觉这手特别柔软光滑，我再打量张画家的脸，也是非常苍白，嗓音也是低沉低沉的。张画家热情地邀我们进去看他的画，然后就说到了中世纪对人性的禁锢，说到了文艺复兴如何冲破禁锢，大胆地画人体，画全裸的人体，让人感受人生的价值，生命的美好……

听了张画家的一番启蒙，再瞧那些胳膊大腿，你甭说，还真有一种生命美好的感觉。

张画家介绍完了他的画，我忍不住就问他，你画的这些女人，她们都愿意吗？都不感到难为情？张画家说，当然都是自愿的，这也是一种职业，一开始她们坐在台上羞得眼睛根本不敢看下面，可用不了几天，就会抬起头来左顾右盼。再过几天，她们还会走下台来看着画对你说，喂，这个部位你画得不怎么样。

这时我的妻子对她的同学说，你可要小心噢！孙勤说，我可不担心，他呀是光画不练的。

这话逗得大家都乐了，乐完了，我和妻子就告辞了。

一天，妻子下班回来对我说，我明天去参加一个老同学聚会。我说你去就是了。接着妻子从包里拿出一件连衣裙到卧室换了，然后站在我跟前说，新买的，好看吗？我说好看，就是……妻子问，就是什么？我说，就是好看。妻子挺得意，说孙勤也买了一件。其实我原来想说就是领口太低了点儿，胸脯上面的小半个圆都暴露了，可我想让妻子也热爱一回生命，便没有说。

第二天早上，妻子穿着新买的连衣裙就出门了，她说去叫上孙勤一块儿走，可过了没多久她又回来了，阴沉着脸说，我也不想去了。我问怎么了？妻子说，我到孙勤家，

等　候

　　她正在试新买的连衣裙，穿好了叫她那位大画家来看，没想到大画家吃惊得像是见了外星人，看了一会儿就一声不吭地走了。孙勤被弄得莫名其妙，不知如何是好，我对孙勤说，不管他，我们参加聚会去。

　　我们刚走到门口，张画家又从画室里出来了，他说，让我再看看。他用手一把抓住孙勤的连衣裙又看了老半天，等他的手松开时，孙勤发现连衣裙上有一大片五颜六色的颜料，孙勤哭了，她说她不去了。

　　哼，他是故意的。妻子又愤愤地说。

　　我想不通，张画家干吗要故意弄脏连衣裙呢？

沈记臭豆腐坊

　　这是个极常见的江南小镇，常见得你只需闭上眼睛，便能感觉到它有河、有石桥、有石板路，还有沿河青砖黑瓦的房子。

　　倘若你真要想找出点什么特色来，那你只有伸长鼻子往空气里嗅，就会嗅到一种味道，这味道说香似臭，说臭似香，极特别，尤其是到了黄昏，家家户户沸腾的油锅里飘出来的全是这味。

其实,小镇上原本没这东西,还是清兵入关南下时,有一群逃难的人来到小镇上,其中有一对姓沈的兄弟特别引人注目,他们没带家小,也没带随身行李,却抬着一只密封的大缸,镇上的人都猜想那里面肯定是藏着什么金银珍宝。

兄弟俩在镇上落脚后,便打出一块招牌——"沈记臭豆腐坊"。

开张那天,兄弟俩在店门口支起油锅,然后打开密封的大缸,天啊,里面竟是一缸臭水!兄弟俩伸手从臭水里捞起一块块黑乎乎的豆腐干,投入油锅,顿时,一股极浓烈的味道直往人的鼻子里钻,挥都挥不去,闻久了,还挺享受。

于是便有胆大的想去尝尝,第一个上前拿了一块,刚咬了一口,便发出一声惊叫。然后第二个人上去咬了一口,亦发出一声喊……然后几乎全镇的人都尝了,这一尝竟成就了小镇一段历史,一种文化。

到了民国二十六年,沈记臭豆腐坊已经传到了第九代。这第九代的老板叫沈四,当时他才二十岁,刚做了老板,就碰上日本人打进了中国。

这天,一队从城里出来的日本兵不知怎么就拐进了小镇,进了小镇,不知怎么就直奔沈记臭豆腐坊。日本兵的小队长指指在油锅里翻滚的臭豆腐,问:"这是什么的东

等候

西？"

沈四答:"臭豆腐。"

小队长向沈四要了一块,一吃立刻瞪圆了眼珠子:"大大的好吃,我的通通地要。"

沈四说:"要可以,用黄豆来换。"

小队长脸一沉:"什么黄豆的换,我们大日本帝国通通地征用。"两个日本兵马上扑了上来。

沈四动作更快,他操起一把斧子,几步就跨到浸泡臭豆腐的大缸前,厉声道:"用黄豆调换臭豆腐,乃我祖宗三百年前定的规矩,如今你一定要坏了这规矩,我只好砸了此缸。"

小队长没料到沈四会来这一手,一下傻了眼,对峙了片刻,便下令:"撤。"

第二天,日本小队长又来了,还真带了两大麻袋的黄豆。

这天晚上,一个农民模样的中年汉子来找沈四:"是你用臭豆腐去跟日本人换黄豆的?"

"是日本人要跟我换的。"

"你知道日本人的黄豆哪来的吗?"

"不知道。"

"从我们农民手里抢的,都是种子。"

沈四一愣,脸色极难看。

"求求你将臭豆腐坊关了吧!"

"不,这几百年的家业不能败在我的手里。"沈四的态度极坚决,"这袋黄豆你先拿回去种,缺了,再来拿。"

农民扛着黄豆走了,沈四一夜没睡。

隔日,沈四又置了一缸,并重新配制了缸里的臭卤,十天后新缸里的臭豆腐制成,沈四又重开了一只油锅煎煮。这时,那日本小队长又来了,他用力扇动着粗短的大鼻子说:"今天这臭豆腐的味道好像更刺激。"

沈四说:"这是专门孝敬皇军的新产品。"

小队长尝了一口,摇头晃脑道:"除了过去的臭中带香,香中带臭,又多了一味,鲜中有臊,臊中有鲜。"

从此,沈四店里的臭豆腐便有老缸、新缸之分,镇上人吃老缸,日本人吃新缸。

镇上有人闻到新缸的味,想要,沈四一概回绝。

于是镇上不少人骂沈四是汉奸,沈四也不搭理。转眼抗战胜利,日本人离开了中国,沈四便将那只新缸砸了,镇上人见了责问沈四:"为啥将缸砸了?为啥不做给我们吃?"沈四也不解释。

四十年后,有几个日本老人来到小镇上,他们找到了沈记臭豆腐坊,打头的老人问沈四:"您是沈老板?"

沈四问:"您是谁?"

那老人说:"我就是当年的日本小队长。"

等候

沈四问："你又来做什么？"

小队长说："我来中国旅游，想吃臭豆腐。"

沈四说："那就吃吧！"

小队长细细地品尝了一块，说："这味怎么不一样了？淡。"

沈四不语，嘴角挂上一丝笑。

几个老人品尝完了臭豆腐，便向沈四告辞，临走，沈四送给他们每人一大包真空包装的臭豆腐，说："带回去让家里人尝尝，这才是真正地道的中国沈记臭豆腐。"

烧饼豆浆的故事

还是在民国二十几年，金埝镇上有一家点心铺，专卖烧饼与豆浆。

这点心铺的掌柜姓金，做得一手好烧饼，磨得一手好豆浆，烙出的烧饼金黄晶亮，嗅一嗅香气扑鼻，咬一口外脆内酥，口感极好。金掌柜磨出的豆浆雪白如奶，盛一碗高出碗口而不溢，喝一口细腻滑爽，抵挡不住想喝第二口的诱惑。

金掌柜的饼好浆好，且人缘也好。所以这金埝镇上无论男女老幼，都爱吃金掌柜的烧饼，爱喝金掌柜的豆浆。

尤其是那些当家的，每天开门的第一件事便是到金掌柜的点心铺去，如果哪天去晚了，没吃到，那便是一天的不舒服。

点心铺的生意是越做越兴旺，可金掌柜婆娘的肚子却始终没发达，金掌柜开通，也没怨谁，后来就在路边田野里先后捡回两个别人丢下的娃，做了自己的儿子。

他给两个儿子取了名：大的叫金阿大，小的叫金阿二。待阿大、阿二长大成人，金掌柜也老了，于是他将做饼的技术单传给了阿大，把做浆的技术独授给了阿二。随后又为阿大在镇东头盖了三间房，为阿二在镇西头也盖了三间房，等到房子落成，金掌柜就一病不起，很快便撒手西去了。

金掌柜死后，阿大就在镇东头挂出"金记烧饼铺"的牌子，阿二也在镇西头挂了"金记豆浆铺"的牌子。

从此，镇上吃饼喝浆的人们，须得先跑到镇东头买烧饼揣在怀里，再颠过一条街到镇西头买碗浆，然后才能坐定享用。

尽管这样很不方便，可镇上的人们依旧热情不减，他们对金掌柜非但没有怨言，还直夸他不但饼和浆做得好，这家也治得好。

阿大、阿二做了掌柜没几年，金埝镇便解放了，后来又搞了公私合营，他俩便成了国营点心店的职工。那年代反对

等　候

讲究吃，所以做点心也不用太讲究，只要能吃饱就成，阿大就再没有做过像样的烧饼，阿二也没有磨出像样的豆浆。

到了80年代初，好像是一夜之间的事，镇上一下冒出了许多私人小吃店，人们似乎又讲究起吃来了，可镇上老一辈的人瞧着装修得红红绿绿的饭店、饮食店总叹息，唉，哪有当年金掌柜的烧饼豆浆好吃哟！

这些话讲多了，自然就传到阿大、阿二的耳朵里，他俩的心动了。可他俩的年岁毕竟大了，有点力不从心，于是阿大便将做饼的技术教给了在家待工的独生女，阿二也将磨浆的技术教给了想要做个体户的独生子。

不久，镇东头的"金记烧饼铺"又挂了牌，镇西头的"金记豆浆铺"也剪了彩。

镇上的人们，特别是那些上了年纪的，便又喜气洋洋，每天清晨一溜小跑，从镇东头跑到镇西头。

阿大的女儿见了便与阿二的儿子商量，这么来回地跑也太不方便了，不方便了自然会影响生意的，不如我把做饼的诀窍告诉你，你也卖烧饼。阿二的儿子说，行，我也将磨浆的秘密告诉你，你也卖豆浆。

于是，镇东头的烧饼铺里开始供应豆浆，镇西头的豆浆铺里也有烧饼卖。

这事被阿大、阿二知道了，两人都跳得八丈高，大骂儿子、女儿不孝，坏了祖上的规矩。

阿大的女儿和阿二的儿子根本没当回事。

可让他们当回事的是，镇上的人还是照样到镇东头买烧饼，然后到镇西头尝豆浆。他们对镇东头的豆浆与镇西头的烧饼，连正眼看都不看一眼。

后来，阿大的女儿嫁给了阿二的儿子，新婚之夜，阿大的女儿对阿二的儿子说，这下我们成了正式的夫妻，他们总该相信了吧！

可万万没想到，第二天早上，两边的店里竟然连个人影儿都没有。

启　事

离我单位就百来米的地方有家面馆，叫家常面馆。面馆非常简陋，一看便知是时下流行的临街老式住房破墙开店。

面馆的主人是一对下岗的中年夫妇，男的负责收钱，就坐在门口一张不知是从哪弄来的旧课桌后面。女的负责下面条，额头上老像锅里的沸水一样热气腾腾。我因为喜欢吃面条，所以中午就经常光顾这家面馆。

面馆的面条下得软硬适中，而且面浇头的花样也多，味道又好，所以生意很旺，四张桌子十六把椅子总是座无

等候

虚席。

这天我又去吃面,走到店门口,见有一块小黑板挂在那儿,上面写了一则启事:"根据广大顾客要求,本店从即日起开始供应酒、菜、饭,同时不再供应面条,欢迎惠顾。"

什么顾客的要求?这不是瞎起哄!好好的面条不吃,去吃什么酒、菜、饭。你们是钱多还是怎么着,我在小黑板跟前愤愤了好一会儿。

打这以后,我为了吃面就得整整跑过三条横马路,跑三条横马路还是小事,关键是那一家面馆的面条比起家常面馆的面条,味道实在是差多了,差多了还得硬着头皮吃,气得我每次去吃面条路过家常面馆(现在改叫家常饭店了)总要狠狠地朝里面看上几眼,我想瞧瞧要求吃酒菜饭的广大顾客都是些什么人,可令我失望的是总没让我见到"广大",就那稀稀拉拉两三个人。

过了十来天,家常饭店的门口第二次挂出了小黑板,启事:"特招聘厨师一名,擅长本地菜的优先考虑。"于是就看见一个戴着高高的白色厨师帽的胖男人跑进跑出,可店里的顾客好像还是没有"广大"。

又过了十来天,小黑板第三次挂出来了,启事:"特招聘厨师一名,擅长四川菜的优先考虑。"于是戴厨师帽的胖男人换成了一个又瘦又矮的小男人,"广大"依然还是没出现，而小男人天天在门口晒太阳。

我开始有种幸灾乐祸的感觉，我料定无论小黑板如何地换，"广大"是没希望了。

就在这时候，小黑板第四次亮出来了，启事："本店为了内部装修，暂停营业一个月。"可一个月后却令我大吃一惊，原来的木门换成了高档的无框玻璃门，原来的窗户连同砖墙全推了，取而代之的是不锈钢的框、落地的大玻璃，水泥的台阶也铺上了将军红的花岗岩，我为这对夫妇的勇气和决一死战的精神感动了，不管我原来因吃不到面如何耿耿于怀，可现在开始我从心底祝愿他们这次能成功。可当我每次透过明亮的大玻璃望进去，还是没有多少人去惠顾。

小黑板终于第五次出现了，启事："为了业务需要，特招聘女服务员若干名，要求五官端正，身材苗条，身高在一米六至一米七，年龄在十八岁至二十八岁之间。"看了这则启事，我不免生出几许困惑，这服务员的脸蛋再漂亮，顾客能当鸡蛋鸭蛋吃吗？这身材这年龄跟生意有多大关系呢？我很想看个究竟，可我非常失望，因为原来透明的玻璃门玻璃墙上全都贴了茶色的太阳纸，啥也看不见了。

这样大约过了半年，这天当我去吃面又经过家常饭店时，突然发现原来贴的茶色纸怎么全撕了，而且久违的小黑板又悬挂在那里，启事："应广大顾客的要求，从即日起恢复供应面条，欢迎惠顾。"

等　候

真是喜从天降，我立刻乐颠颠地跑进家常饭店，要了一碗青椒鳝丝面，便美滋滋地吃起来，这时另一桌上有食客好像在争论什么。

"你知道这家饭店的老板哪去了吗？不知道吧，让公安给抓了。"

"谁说是给公安抓了，明明是他自己跑了，跟了一个外地的服务员。"

"你们说的都不是……"

唉，你们这些人，去探究那些个东西干吗呢？只要眼前有好面条吃就是了。

剃头演义

苦根是十三岁那年跟舅舅学剃头的。

那时农村的剃头匠可不是如今我们城里见的理发师，穿着雪白的工作服，坐在漂亮的大玻璃屋子里等顾客。

剃头匠得马不停蹄地走村串户找主顾，一天少说也要走个几十里地，苦根跟着舅舅走，走得腿肚子直抽筋，可苦根不敢说个"苦"字，苦根苦也只是空着身子走路，可舅舅的肩上还压着一副剃头挑子，那挑子一头担的是剃头家伙和磨刀石,磨刀石还不止一块,分粗、中、细,外加一条板凳,另一头担着一只烧热水的炉子,那炉子是陶土做的,足有马桶大,上面套一只铜盆,铜盆既是烧水用的锅子,又是给顾客洗头的脸盆。苦根跟在舅舅身后,听着舅舅肩膀上那支扁担发出"吱吱呀呀"的声响,一路颤抖着,苦根的心也就跟着一块抖动。

学了快四年,舅舅剃头的一招一式苦根也学得八九不离十了,这天两人走到了个小村口,有人在地里喊剃头,舅舅就将挑子往地上一放,对苦根说:"我抽口烟,你去试试。"苦根就将炉子生了,一边烧热水,一边磨剃刀,剃刀磨快了,水也烧热了,于是请主顾坐上板凳,用热水将主顾的发须在铜盆里都焐热焐软了,然后收起眼神,歪起脖子,朝那主顾的脑袋定定地看上一遍,随之深深地吸上一口气,便提起刀来,"唰唰唰"一路剃下去,苦根的舅舅嘴里一边吐着烟雾,一边不住地叫好。

又过了三年,有一天舅舅将苦根叫到跟前,郑重其事地说:"苦根,你舅舅这副剃头挑子也担三十年了,如今担不动喽,我把它传给你,担好了,这样舅舅跟你都有口饭吃。"

苦根也就郑重其事地将剃头挑子接了过来,第一次一个人担着剃头挑子出门去,因为是第一天真正做剃头匠,心情自然非常愉快,脚步也跨得特别大,可还没走出二里地,他肩上已不是什么剃头挑子,而是座山,苦根被压得

等　候

几乎要趴到地上，这天苦根没有剃到一个头。

回到家，舅舅问："你走了多远？"苦根说："二里地。"舅舅说："好，明天你再走远点。"

后来，苦根终于成了这方圆几十里响当当的剃头匠，再后来，儿子金海也做了剃头匠，不过，金海做剃头匠已不像他爹那样担着剃头挑子满世界跑，而是在小镇上一家集体开的理发店里给人理发，而且，他也不像他爹那样只给人剃"板寸"或是光头，他还会来个"三七开"的西装头。

现在，金海的女儿娟娟也长大了，娟娟对金海说："爹，我跟您学理发好吗？"金海听了就生气："女孩子家学什么理发，再说，现在理发店的生意越来越清淡，你爹都快要下岗了。"

于是娟娟就去了城里找工作。过了几个月，苦根说想孙女了，就拉着金海到城里去看娟娟。父子俩来到娟娟工作的地方，金海见门前灯箱上几个白底红字就愣了，苦根瞧儿子发愣就问："这上面写的是啥？"

"娟娟发廊。"

"娟娟？不是我孙女吗？发廊是啥意思？"

"发廊，听说就是理发店。"

"什么，娟娟也做剃头匠了。"

"爹，我这就进去教训教训这死丫头。"

苦根一把拉住金海:"你别吓着孩子,我们先在外面瞅瞅,看娟娟是怎么给人剃头的。"

苦根和金海就脸贴着茶色玻璃,从花花绿绿的字缝里看进去,这时一个小年轻正从理发椅上站起来,掏出二十元钱给娟娟。

苦根就问金海:"你店里剃个头收多少钱?"金海说:"四元。"

另一个小年轻又坐到理发椅上了,娟娟拿起一个红色的瓶向他头上倒了点水,又拿起一个蓝色的瓶向他头上倒了点水,然后用手指在他头发里抓来挠去,竟挠出了许多五颜六色的泡泡,挠完头发,娟娟又伸出两根手指来,对着小年轻的太阳穴、耳朵根,还有后脑勺不停地按,那小年轻闭着眼,一副很自在很舒坦的样子。都弄完了,娟娟就带他到洗头池前将泡沫冲了,再用电吹风将头发吹了吹,还吹出了一个什么形状,蘑菇不像蘑菇,花菜不像花菜的,最后,娟娟双手合十,像是念经,又在小年轻的背上"噼里啪啦"乱劈了一通,便算完事了。

看到这里苦根对金海说:"头也不剃,脸也不刮,这算啥理发店?"

金海二话不说,铁青着脸就冲了进去,吼:"娟娟,你跟我回去!"娟娟吓了一大跳,见是爹,说:"我做得好好的,干吗要回去?"金海大怒:"好个屁!理发店不理发,净蒙人,你把我和你爷爷的脸都丢尽了!"

娟娟急了,说:"爹,您不明白。"

金海狠狠地扬起了手:"你不明白还是我不明白?滚回去!"

娟娟哭了。

这时苦根说话了:"娟,乖,跟爷爷回去,你真要想剃头,爷爷教你。"

娟娟大哭。

风　筝

邦自己也弄不清楚怎么会跑到公园里来了。

邦原来明明是想没头没脑地睡上一天的,可偏偏起得比平日上班还要早,起来后就找纸找笔想写点什么,后来却找出一张碟片放进了DVD,再后来邦就糊里糊涂来到了公园。

尽管是许多年没来了,而且邦自己也不知道想做什么,可还是毫不迟疑地走进了那条法国梧桐环绕的林荫道,然后穿越一大片草地,登上了公园里唯一的一座小山,在一处最密的灌木丛里坐了下来。在这里你可以透过枝枝蔓蔓悄悄地观察外边的动静，可外边怎么也看不见你，邦静坐着做努力追思状，可一点也想不起来当年是如何在这里跟孩子他妈展开有声有色的地下运动的。

但有些东西邦又觉得想甩都甩不掉，就像是一张贴在痛处的烂膏药，可恨的是膏药就这一张，伤痛却有两处，还不是一般的痛。邦的痛来源于几天前局里的一次会议，会上局长传达了一些文件，平时邦听文件时是以闭目养神为主，可这次邦在半梦半醒之间突然睁大了眼睛，他听见局长正在说精兵简政的事。局长说，这次精简可不比过去说着玩的，上面可是下了大决心的，凡机关人员十去之三，一点也没的商量。会场顿时一片喧哗。

散会后，邦一个人在办公室里又坐了好一会儿，当他走出办公大楼时正好遇上局长，邦便跟局长边走边聊，聊着聊着邦就摸着了领导的一些意图，先是鼓励大家主动报名到下面企业去，先去的当然就好些，假如邦报了名，极有可能在下面一家公司里做个副老总。邦知道那是家效益挺不错的企业，去了别的不说工资就可以先翻上两番。还有，要用个车请个人吃饭什么的，也不用再看某某的脸色了，邦想想就觉得痛快。

当邦走进自家大门时，主意基本拿定了，邦就在饭桌上将主意说给孩子他妈听，可孩子他妈没有邦想的那种兴奋，她问邦，你说去企业好，可企业会一直这么好吗？到

等 候

时不行了,你上哪?

孩子他妈的话正好刺中了邦的痛处。到第二天出门上班时,邦又决定好了,哪也不去,就守在机关,尽管收入有些不尽如人意,有时不够潇洒,可毕竟稳妥嘛!到了办公室,先到的刚问邦,喂,你想留还是想走?

邦说,留。

刚问,理由呢?

邦说,当然是机关稳当。

刚笑,机关稳当是稳当,一年收入算五万,二十年也就一百万;可到企业呢,一年就十五万,六七年不就干出二十年来了吗?

这天晚上邦就开始失眠了。

邦在灌木丛里坐得实在没意思,就下了山,当邦走过那片草地时,看见天空中飞着一只美丽的风筝。风筝在气流的鼓动下似乎还想飞得更高,可飞来飞去还是那么高,因为一个小男孩正紧紧拽着那根拴住风筝的线。

起风了,风筝一会儿向南飘,一会儿又向北飘,于是小男孩也被风筝带着不停地奔跑,小男孩一边跑一边快乐地叫喊着。没多久,小男孩快乐的叫声没有了,当他跑过邦的身边时,带着哭腔对邦说,叔叔,快来帮帮我,我要尿尿。

邦接过小男孩手中的线,也开始在草地上奔跑,一会儿工夫，邦就觉得喘不过气来。这时风越来越大，鼓动得风筝在用更大的劲想挣脱束缚，拴风筝的线越绷越紧了，放过风筝的邦知道，这时不跟着风筝跑，只有断线，线一断风筝自然也就没了，可邦眼看是跑不动了。

小男孩终于回来了，他接过邦手中的线又开始奔跑，跑着跑着他突然停了下来，抓线的手往上一送，拴风筝的线竟然离开了他的手心，升向天空，很快，风筝变成了一朵小雪花，然后就消失在蓝天里。

邦先是呆呆地看着，随后跑过去责问小男孩，你怎么忘了拽住线，让风筝飞了。

小男孩说，我没忘，我是故意放手的。

为什么？邦觉得这小男孩挺奇怪。

叔叔，风筝干吗老是要用线拴着？它有多难受呀！

干吗老是要用线拴着……直到邦离开公园，他还在品味着小男孩说的这句话。

现在，邦几乎每个星期天都要到公园里来放风筝，只要等风筝升上天空，他就会像那个小男孩一样松开拽线的手。

等　候

剪　报

某公终因心肌梗死不幸卒于寓所,享年六十七岁。

于是全家举哀,设灵堂于客厅,某公单位的领导以及生前好友闻讯纷至沓来表示慰问,他们握紧了某公妻儿的手,诉说着某公光辉的一生,说得极生动,某公妻儿不禁热泪盈盈。

后来某公家乡的一些从未露过面的老亲老眷们也来了,他们先是在灵堂哭祭了一番,随后便郑重其事地问,你们烧了吗?

某公的妻子问,烧什么?

按照我们乡下的规矩,该烧些纸钱给他在那边用的。某公的一个远房堂叔说。

还要烧些衣服、裤子、鞋子、袜子啥的给他在那边穿的。某公的一个表舅母说。

最好再烧一套家用电器,现在讲究这个。某公另一个什么远亲说。

某公的妻子觉得有些滑稽,可她碍于这气氛,自然不敢反对,就说,烧吧!

于是,某公的老亲老眷们七手八脚忙着做纸钱,某公的家人翻箱倒柜找衣服。纸钱做好了，衣服备齐了，家用电器也请人用纸折叠好了。

某公的堂叔说，天黑了我们就到屋外去烧。

某公的妻子看着满屋堆积如山的纸钱、衣服和电器，心里总不是味。不管怎么说，老头子生前算是个有知识有文化的国家干部，如今又是烧纸钱，又是烧衣服、电器，搞得像是在送他乡下的老祖宗，这不有损老头子一世的形象吗？

她正犯愁，上中学的孙子好像看透了她的心思，说，奶奶，烧纸钱、衣服、电器，只能算是些物质文明吧，怎么就没有点精神文明呢？爷爷在那边肯定会不高兴的。

某公的妻子听了简直如获至宝，忙说，对呀，我们应该再送点精神文明给你爷爷。

于是祖孙三代围着某公生前用的书橱转，寻找"精神文明"。书架上的书很杂，有政治的、历史的、宗教文化的，还有武侠小说、气功入门什么的，一下竟不知该挑哪些书给某公。然后又往下找，打开书橱下面的门，发现里面没有书，只有一只小皮箱。

大伙儿迫不及待地将箱子打开，里面没有别的，全是剪报。

剪这么多报纸藏起来干吗用？大伙儿一个个瞧着这些剪报，心里直嘀咕。

等　候

某公的孙子翻了一阵，说，我发现爷爷剪的这些报纸挺怪的，20世纪50年代初至60年代中期集的全是社论加评论员的文章；接下来是70年代后期的，清一色地报道平反冤假错案；到了80年代，又是社论加评论员的文章；最近两年的剪报倒是换了内容，可怎么竟全是讣告和悼词呢？

这就是你爷爷的一生。

某公的妻子神情幽幽地说。

天色终于暗了下来，某公的妻子亲手划亮了火柴，将那堆剪报点燃。

大火熊熊，映红了所有人的脸。

乞　丐

当王老板和他宠爱的"金丝鸟"走出价值数千万的私人豪宅时，他的精神好极了，王老板是昨晚刚从福建老家飞到上海的。这次王老板带着一种新近从国外进来的昂贵的强壮药，所以历经大半夜的欢乐，依然斗志昂扬，要不是可爱的"金丝鸟"硬拉着他去逛什么商场，此刻……

王老板还在甜甜地回味时，突然从树荫下传来一声极苍凉的乞讨声：

先生，小姐，行行好，随便给一点吧！

王老板美好的心情顿时就给毁了，他非常恼怒地打量着树荫下那个乞讨者，这是个五十来岁，与他年龄相仿的中年男人，此时正坐在地上，伸出一只搪瓷大块脱落的茶杯，用企盼的眼神看着他。王老板平日里最痛恨讨饭了，而且他的痛恨是有他的理由的，不信你现在就可以聆听聆听。

我说你，一个有手有脚的大男人，不去干活挣钱，偏偏跑到这里来讨什么饭，你不感到难为情吗？我要是像你一样坐在这里等天上的馅饼掉下来，我还能有今天，嗯？！

王老板愈说愈激动，"金丝鸟"在一旁听得如痴如醉，并将小手拍得脆响，亲爱的，你说得真好，你真伟大噢！

王老板教训完了乞丐，便挎着"金丝鸟"粉嫩的胳膊，雄赳赳地走了。

到了晚上，王老板与"金丝鸟"满载而归，"金丝鸟"的手上又多了一只不知多少克拉的钻戒，包里又多了几套来自法国的时装，王老板自己的手腕上也换了一块江诗丹顿手表。

正当他俩有说有笑地走过早上遇到乞丐的那条林荫小道时，突然，从前面的树丛里蹿出一条黑影，那黑影手持

等　候

尖刀挡住了去路,王老板吓得双腿一软,便非常自然地跪了下去,大侠饶命,大侠饶命,只要大侠把我的小命留下,您要什么都成。

就在王老板苦苦乞求时,他听见背后传来一声吼叫,好大胆,敢抢劫!

"当啷"一声,尖刀落地了,随后黑影仓皇逃窜,王老板急忙转过脸去,想看看救他的英雄。

英雄正一瘸一拐地向他走来,王老板好激动,英雄走近了,终于能看清楚了,啊?怎么会是那个早上被他教训过的乞丐!

第二天早上,王老板一个人悄悄地来到乞丐跟前,他掏出了一万元钱说,谢谢啦,这是一点小意思。

不料乞丐却一口回绝,乞则受,不乞如何敢收。

王老板便讪讪道,好,我等你乞就是了。

从此,王老板每次走过乞丐跟前时,总是故意放慢脚步,他希望听见乞丐对他说,老板,行行好,给一点吧!可每次都令他非常失望。

一天,王老板终于忍不住了,他走到乞丐跟前问,你怎么还不开口向我乞讨呢?

乞丐笑言,咱们同行岂可相乞耶。

王老板大怒,尔后低头便走。

足 球

刑警大马、小牛一脸的沮丧，闯进龙探长的办公室。

"报告，我们对林小峰连续审讯了三天，可他还是一字不吐。"

龙探长很不满地朝两个部下瞪了一眼，心想这都怪你们自己，叫你们晚上十点行动，可取货人未到，你们就不能多守候些时间？结果让取货人跑了。现在送货的又咬紧牙关，好端端的案子给办砸了。

大马、小牛始终一声不吭，一脸的诚恳，等候着指示。

龙探长拿起桌子上的案卷翻了翻，说："还是个中学生，就不能找对他有影响的人做做工作，嗯？"

大马、小牛便诺诺而去。

两天后他俩又来报告，说请林小峰的父母、班主任都做过工作了，可他就是死不开口。

"头，您看该怎么办？"

怎么办？这不明摆着。龙探长拿起他的大盖帽，站起来就朝外走。

走进审讯室，龙探长一言不发，用两道剑似的目光紧紧盯着林小峰足足看了有五分钟，可眼前的林小峰居然毫

等 候

无怯意。

这第一回合龙探长无功而退。

第二回合，龙探长音色甜美，感情真挚，说了许多掏心窝子的话，可林小峰依然无动于衷。

第三回合，龙探长义正词严，慷慨陈词，指明出路，昭示后果，说了半天，林小峰也只是冷飕飕地发出一个音节："哼。"

龙探长被激怒了："你这小子得意什么！要不是我的手下惦记着世界杯，那取货的家伙能溜掉？"

没想到林小峰突然也开了口："要不是我为了看世界杯，提前半小时出来，你们能逮到我？"

龙探长听了气得差一点晕过去，可这话倒是提醒了他。

一连三天，龙探长停止了审讯，白天翻阅报纸杂志上关于世界杯的众多评论，半夜三更守候在电视机前，津津有味地观看世界杯实况转播，弄得局里与家里都看不懂，龙探长怎么啦，受了什么刺激，一夜之间就变成了球迷？

三天后，龙探长再审林小峰，他走进审讯室，劈头第一句就是："喂，你知道吗，阿根廷被淘汰了！"

林小峰猛地从凳上蹿起来："不可能的，阿根廷一定会拿冠军。"

"真的，我没骗你，昨晚我看了实况，输给罗马尼亚了。"

"怎么会呢？！"

"因为马拉多纳没上场。"

"他们都疯了，不让马拉多纳上场！你说，现在世界上有谁比马拉多纳踢得更好的？"

"我看也没有。1986年，马拉多纳率队参加第十三届世界杯，拿了冠军。当时与英格兰的一场比赛，他一连过了对方五名队员的防守，将球送进网内。1990年，第十四届世界杯……"

"你也喜欢马拉多纳？"林小峰显得很惊喜。

"当然喜欢。"

"那你快说，马拉多纳究竟为啥不能上场了？"

"因为他被查出吃了兴奋剂。"

"什么，他吃了兴奋剂？"林小峰惊呆了，"这是真的？"

"真的，化验报告都出来了。"

"他不能再踢球了？"

"不能了。"

林小峰呆呆地看着窗外，片刻，有两颗泪珠从他的脸上滚落。

"给我纸和笔好吗？"他向龙探长请求道。

龙探长将纸和笔递给了他。

他在给马拉多纳的信中说："马拉多纳，我最崇拜的英

等　候

雄，您真不该去吃那种东西……"

在另一张纸上，他又写道："我真不该为了哥们的义气，去帮人运送这种害人的东西……"

看完林小峰的交代，大马、小牛极钦佩地问："头，您究竟使用了什么新式武器？"

龙探长耸耸肩，说："其实球场上的胜负有时很难预料，因为足球本身就是圆的。"

大马、小牛想，头怎么对足球一下就痴迷到这种程度了？

撤　诉

清晨，寒冷的风从窗户缝里透进来，随风进来的还有忽高忽低的人语声，令人有种心神不宁的感觉。

我照例钻出被窝就去晨练，刚跑过两幢楼，见43号楼底下围了一圈人，里面还不时地传出带有颤音的议论声，我不由改变了跑步的线路，跑向了43号楼。

当我用力挤进人群，眼前的一幕让我惊得只知倒吸清晨的寒气，铺满白霜的地上，竟然仰天躺着一个人，一个五十来岁的男人。

他是谁？

401的。

他怎么了？

从楼上跳下来的。

我仰起头，这是靠北的窗户，整幢楼只有一个窗子是大开着，他为什么要跳楼？

没有人再回答我，也许是出于职业的习惯，我又问，有人拉我的衣袖，然后用眼神让我看一个地方，我终于看见一个与众不同的女人，她四十来岁，穿一身布满粉色小花的睡衣睡裤，她的脸跟卧在地上的男人一样，没有任何表情，还没容我再想下去，人群忽然闪出一条通道，是警察来了，他们开始拍照，这时我注意到躺在地上的男人穿着全然不像那个女人，他一身藏青色的西装，一根紫红的领带……

警察们在现场忙完了，火葬场的运尸车也到了，当尸体被搬上汽车时，我又发觉，尸体的僵硬程度说明他至少死了有数小时，那么，他的女人是什么时候知道她男人跳了楼？或者说，她男人跳楼时她在干吗呢？

运尸车走了，人群也就散了，我跑回家，妻子已经上班去了。

晚上回到家，妻子问，你知道43号401的男人跳楼吗？我说，知道，我早上就在那儿。妻子又问，你知道那男人为啥跳的楼？我说，这就不知道了。好，我告诉你，

等　候

就是他女人害的。我反问，怎么害的？那女人在一个什么公司里当经理，她跟一个什么局的局长是老相好，所以跟她男人从来不睡在一间房。可这些都不能说明是那个女人害了男人。妻子发急了，喂喂，那个女人还没聘你当律师，你怎么就帮她辩护了？反正全小区里的人都是这么说的。

可让我没想到的是，一个月以后，那个女人真的来到了我的律师事务所。

她的情绪非常激动，我要打官司。打什么官司？我问。打名誉官司。告谁？告毁坏我名誉的人。请具体说明是谁？具体的人我也讲不清楚，反正有很多人。这不行，打官司必须有明确的被告人。女人显得非常失望，沉默了片刻，她问，我可不可以告我男人的单位？告什么？告他们无故撤了我男人车间主任的职务，无故叫他下岗，逼他走了绝路。女人的情绪又变得很亢奋。我感觉那女人说的未必都是实情，可还是接受了她的委托。

在写起诉状时，我为了获取必要的证据，来到她男人的单位，一家重型机器厂。当我找到厂长时，我掏出的是作家协会的会员证而不是律师证，我对厂长说，我是来贵厂深入生活的。厂长便热情地跟我介绍起厂里的情况，在我有意无意的引导下，厂长终于讲到了我要了解的主人公。他呀，人能干，肯负责任，人缘也不错，可后来不知怎么搞的吵着要辞掉车间主任，听说近来又闹着要下岗，也不晓得搞的啥名堂。

我又找到现在的车间主任,当我一提起要了解的人,他便不停地用手揉眼睛,想不到乔主任会走这条路,他真是个好人。你能说说他好在哪吗?我要求道。

他为了培养我,宁可自己辞职。

你觉得他近来有什么反常吗?

不知道为什么他会提出要下岗,我们车间就是有人要下岗,无论如何也轮不到他呀!

你觉得他还有什么地方反常吗?

他的性格原来就内向,近来更不愿意说话了,对了,我还感觉他身体好像不太好。

他生了什么病吗?

这就不清楚了,他好像去过医院。

我赶紧跑到厂部财务科,可没有找到一张报销医药费的单子。

我想该结束调查了,回到律师事务所,立刻打电话请我的委托人来,她很快便到了。我先问她,请你回忆一下,你丈夫死以前这段日子过得正常吗?

她不假思索冲我说,正常,在家都很正常。

好,那我也告诉你,他在厂里也一切正常。

真的?她的眼睛里似有疑惑。

既然他生前一切都很正常,那么,他的死也是很正常

等候

的,你说是吗?

她将头深深地埋在胸前,像是在思索,又像是在忏悔,当她重新抬起头来,已是泪流满面,她问,我可以撤诉吗?

我做了被告

叔叔阿姨爷爷奶奶们,你们听说过吗?才七个月的孩子就站在了一点也不好玩的法庭上,做了被告,还有更可怜的,他在法庭上已经站了大半天,可你们还没见着他长个啥模样。

当原告人,一个长得像戏里演的媒婆(媒婆的形象总是让人觉得又凶又丑的),用恶狠狠的眼神看着他时,你们肯定不知道他是想哭,还是想撒尿,而当他的母亲用双手紧紧护住她隆起的肚子时,你们当然更加不知道他在里面想些什么。唉,这个苦命人就是我。

人们常说龙生龙,凤生凤,所以从我妈跟我爸结合的一瞬间,已经将我妈的遗传密码加上我爸的遗传密码带给了我。

首先我觉得自己会遗传母亲的健康、美丽和多情,我的母亲生长在湘西的绿水青山里，那里的山水给了母亲姣好的面容、匀称的身材，还有豪爽多情的性格。当我的母亲一个人从湘西走出来，走进这个繁华的大都市时，她被眼前的高楼大厦、车水马龙弄得有点晕乎乎的。

好在她很快就找到了自己，在一家发廊里做了洗头工。洗头工是个又累又不挣钱的活，可她乐意做，许多客人来发廊并非纯粹想洗头，他们还想找点别的事，可她除了洗头别的都坚决不干。老板和小姐妹都笑她傻，给客人按摩一次，等于洗十个头，给客人提供一次全方位的服务，等于洗二十个头，再说凭她的自身条件，凭民间盛传的"湘女多情"，这价就更不用说了，可她死活不干，直到有一天遇上我的父亲。

我已记不清母亲是在为父亲洗多少次头以后，主动提出要为父亲按摩的，在我母亲提出按摩时，不仅我的父亲，包括整个发廊里的人都有些吃惊，更让我父亲吃惊的是，事后她没有收他一分钱。

当然，我觉得我还会遗传我父亲的文才和大丈夫的性格。别看我父亲现在是个在建筑工地做保安的下岗工人，但他可以跟你讲黑洞和纳米，讲《巴黎圣母院》和《围城》，而且他还是个真正的大丈夫。当年刚恢复高考时，父亲准备考大学，他的新婚妻子，也就是今天站在法庭上的恶"媒婆"哭着闹着不让他去考，说考上了一定是陈世美，

等　候

他就这么白白放弃了，仅仅想证明自己不会去做陈世美。

若干年后他从工厂下岗了，那恶"媒婆"非但没有一点内疚，还天天跟他闹，嫌他不会挣钱没有用，甚至不许他上床，他也不跟她计较，顶多抱着被子睡工地。大丈夫能屈当然还能伸，这一"伸"，便注定是一个悲剧，或者说是一个悲剧的结束，另一个悲剧的开始。

父亲在我五个月的时候被查出来是肝癌晚期，当他知道来日不多时，就做了一件事，他立了一份遗嘱，说他死了以后，将他的财产（其实也不值几个钱）全部留给我的母亲。

正是这份遗嘱惹的祸，害得我的母亲还有我今天站在了被告席上。

法庭进入辩论阶段，我听见那个恶"媒婆"还有她的律师在数落我的母亲，说她是道德败坏的第三者，说如果将遗产判给我母亲，那就是公开号召大家都去道德败坏，都去勾引别人家的男人。

我瞧见坐在审判台上的法官表情非常凝重，我想这官司我们肯定会输，于是悄悄对母亲说，遗产我们不要了，我们回去吧，回湘西老家去，那儿有山有水的，多好玩呀！

母亲说，你这孩子怎么这么不懂事，我这一切还不都是为了你。

为了我？那么当初呢，当初你跟我父亲在一起又是为

了谁呢?

当然,我不敢真用这话去问母亲,我怕她答不上来,更怕她伤心。

我困了,审判长大人,是不是该休庭了。

油菜花开的时候

4月的江南乡村,正是油菜花盛开的时候,成片成片的黄色,连绵起伏,这黄色是耀眼的,是妖艳的,看久了,会让人心神不宁。"田里菜黄灿灿,大姑娘纺纱没心相",这是当地农村男人们喜欢说的一句带点荤腥的玩笑话。

就在这样的季节,我们的第一位主人公走进了菜花地,他走进这块菜花地其实是偶然又偶然的事。

他原本是坐在一辆行驶的长途公共汽车里,是窗外那些黄色的油菜花招惹了他,他叫司机停了车。

汽车抛下他开走了,不过我们不用为他担心,因为他坐上这辆长途汽车也是一种偶然。今天早上,照例又是几个有求于他的人打来电话,说休息日请他吃饭,请他桑拿,请他去按摩……他觉得老这样也没多大意思,就一个人跑出来,随便上了一辆公共汽车。

等 候

  油菜花在春日的照耀下，愈加显得妩媚动人。他情不自禁地俯下身去，将脸贴在上面。他闻到一股香味，这香味与小姐身上的香味是根本不同的，它不是被精心抹上去，然后故意让人闻的，而是从身体里面自然流露出来的，是一种体香。

  正当他如痴如醉时，我们的另一位主人公也走进了这片菜花地。

  她走进这片菜花地并不是出于偶然，因为每年的4月，当油菜花开的时候，她几乎天天来，她来是要等一个人。

  这个人从小就跟她在菜花地里玩捉迷藏，在六年前的这个季节，这个人与她躺在这块菜花地里山盟海誓，又在四年前的这个时候，跟她在菜花地里告别。这个人说，我不想在农村做泥水匠了，我要到城里去做建筑老板包工头。这个人说，等我有了很多钱时就来娶你。

  从此她就开始了等候，后来有人来告诉她，说这个人在城里已经安了家，不用再等他了。可她不信，还是在家死死地等，再后来，她便干脆跑到油菜花地里去等候。

  就在这一天，就在这偶然必然、有意无意之间，他与她在这片油菜花地里邂逅。

  这时一切都突然凝固了，阳光、空气还有风，只有黄灿灿的油菜花在晃动，他和她同时感觉到阵阵眩晕，结果，一切该发生的事都发生了……

已近黄昏时，他拉着她从油菜花地里站起来，她看见她的父亲带着村里的人围过来，那时她还拉着他的手。于是她被抓回家关了起来，他则进了公安局。

又是江南的4月，她从家里跑出来，又跑进了这片油菜花地里重复着等候。这时的他站在数百公里外的另一片油菜花地里，打药水除虫。这片油菜花地属于某某劳改农场，他到这里来，是因为他跟女精神病人在菜花地里的事，他犯了强奸罪，他要在这里待上四年。

表　妹

表妹有一头自然弯曲带点棕色的短发，她的眼珠子是黄褐色的，看人的时候总是显得特别热烈，她的嘴唇要比一般女孩子厚一些红一些，而且笑起来声音非常响亮。

表妹爱穿一件高腰的牛仔服，下面是一条紧绷的牛仔裤，她这样的穿着使得她原本就丰满的身体愈加显山露水，引人注目，熟悉表妹的人见了我总爱说，嗨，你表妹挺浪漫、挺可爱的。

其实，我跟表妹也没什么往来，因为她毕竟比我小十多岁，在我眼里还是那个扎着两条羊角辫的黄毛丫头。直

等 候

到有一天，她说她迷上了诗歌，她当时在念大四，知道我也喜欢诗歌，便经常跑到我家里来，跟我大谈雪莱、拜伦、海涅、惠特曼。

谈起他们时她总是神采飞扬，我觉得表妹身上所具有的浪漫气质比起这些浪漫主义诗人来毫不逊色。表妹说，她非常喜欢雪莱的《云雀颂》，我说你就是只云雀，于是表妹就非常得意地高声朗诵：

你好啊，欢乐的精灵！

…………

表妹喜欢了一阵诗歌以后，又迷恋上足球了。

有一天，她跑来拉我跟她一起去看足球比赛，我说不去，二十多条大汉就弄这么一个小足球跑来跑去有多大意思。她说，你去嘛，如果你看了半场球还没找到诗歌里的浪漫和想象，我就跟你一起回来，再也不看足球了，被她缠得没法，我就去了，同去的还有四个男孩，都是她的同学。

六个人骑着自行车到了虹口体育场，门口已是人山人海，表妹是领队，自然冲在第一个，只见她左突右闪，嘴里不停地叫喊着，终于杀开一条血路，率我们冲进了体育场。

比赛开始了，是甲 A 联赛上海申花队与外省的一支足球队踢。表妹手指着一名扛着肩在飞跑的高个子运动员说，你看看，他像不像蒙哥马利元帅在非洲沙漠上追逐隆美尔？接着她又指着一个正跃起争顶头球的卷发运动员说，你看，在他身上你有没有感觉到来自法国巴黎的浪漫？

我说，你究竟是看足球还是看人？她答得挺干脆，都看。

比赛渐入高潮了，表妹提议，我喊一声申花队，然后大家一起喊加油，喊了一阵，大家都觉得嗓子受不了。表妹又提议，谁去买几个小喇叭来吹吹，大家都顾着看球，没人响应，这时表妹就对长卷发的男孩说，你去。那男孩去了，一会儿买回来六只小喇叭，每人一只，一吹就发出一种"哗哗哗"很滑稽的声音。申花队终于攻破了对方的大门，表妹兴奋得拼命往上跳，光跳似乎嫌不够，还要扭，手、脚连同胯部一起扭，自己扭还不算，硬拉着几个男同学一起扭。我想，这大概就是表妹从足球里找到的浪漫和想象。

球赛完了，我们走出体育场去骑自行车，可表妹的那辆自行车怎么也找不到了，于是几个男孩立刻全来了精神，都要骑车带她回家，表妹对那个卷发的男孩说，你给我下来，我带你。看着表妹骑着自行车飞驶，我忽然想，姨妈把她生成女孩绝对是个错误。

后来表妹大学毕业，应聘去了一家外资企业，我也难得见到她了，遇到姨妈，问起表妹，姨妈总是显得很自豪，说外国老板挺看得起表妹的，说她现在拿的工资比姨妈姨父两个人加起来还要多。

等 候

又过了一年，遇到姨妈，姨妈又告诉我，表妹不在那家外资企业了。我感到意外，问为什么，她说是表妹炒了老板的鱿鱼，我听了想笑，可在姨妈面前没敢笑出来。

没多久，表妹到我家里来，她说，我要告诉你两件事，第一件事是我想出国留学，就到那个外国老板的国家去，总有一天，我要做他的老板。

她问我信不信？我说，信。

第二件事是我要结婚了。我听了不禁大吃一惊，你既然想出国，干吗要急吼吼地结婚呢？表妹朝我笑笑，没给我任何解释。

表妹举行婚礼时我正好在外地出差，回来后听妻子说，表妹像换了个人似的，穿了一件大红的旗袍，怕羞得不得了。

表妹终于要出国了，到非常遥远的美洲大陆去，那天我也去机场送她了。表妹还是穿着高腰的牛仔服，紧绷绷的牛仔裤，还是用热烈的眼光看着每个人，时不时发出爽朗的笑声，登机的时间到了，表妹却突然一下扑到卷发的小丈夫怀里，放声大哭起来……

看到这一幕，我竟一下糊涂起来了，真不知哪个才是真正的表妹。

是谈诗歌、看足球、发誓要做老板的老板的那个充满浪漫和想象的女孩，还是眼前这位正在丈夫怀里嘤嘤啜泣，需要男人保护爱怜的新娘。

邻　居

很多年以前，第一次搬进新公房，妻子乐得合不拢嘴，妻子说，这下好了，做饭有煤气，方便有抽水马桶，多自在。

儿子指着花花绿绿的墙纸、五颜六色的壁灯吸顶灯直嚷，真漂亮噢！受这气氛的感染，我也马上总结了几条，这新公房就是好，下班回家，大门一关，铁门一锁，再不会像过去住的老房子，随时会有人闯进来，问你烧什么吃什么，今天天气怎么样，让人没法清净。

可过了没几天，儿子噘起小嘴巴不乐意了。问他怎么啦，他说没小朋友跟他玩，真没劲。

这话倒提醒了我和妻子，这新公房里我们还是有邻居的，就在对门，不知他们家是否也有像我儿子这般大的孩子。

于是我和妻子每天回家开门时，总要回头瞧瞧对门，可每次看到铁门都是关得严严实实的，真不知道里面住没住人。

等候

半个月以后的一天晚上,我们全家正在吃饭,外边有人按门铃,我打开大门,隔着铁门见门外站着一位清瘦的老人,我连忙问,您找谁?

老人朝我笑笑,说,我就住在你们对门,想借把榔头使使,行吗?

我赶紧将铁门打开,请他进来坐。

老人在门口犹豫了一下,说,不了,你们吃饭。老人拿着榔头就走了。

第二天晚上,我们刚吃完饭,老人又来了,是来还榔头的,出于礼貌,我又邀请他进来坐坐。这次老人没推辞,进来坐了,我叫妻子沏茶拿烟,老人却连连摇手阻止,说,不用忙,坐坐就行了。

我就跟老人闲聊了起来,闲聊中我知道老人姓关,是位退休的机关干部,老伴去世了,有个儿子在郊县工作,十天半月回来一次,帮他将吃的用的全买好,因为他的腿不太利索。

老人说了自己的事,接下来又问起我们家的情况,当我说到每天晚上就爱写点东西时,他连连赞道,好,好。说完便起身告辞了。

过了两天,老人又来借榔头,他见我坐在沙发上看报,便也坐了下来,我们又开始闲聊,他跟我说起他的过去,越说越兴奋。我因为惦记着要赶一篇稿子,所以就偷偷看了下手表，没想到被他看见了。于是他站起身来用手直拍自己的脑门，看我这记性，光顾着说话，差一点要耽误你写文章。

我将老人送出门时，对他说，榔头就放在你那儿用好了。

不料老人却正色道，自古有言：有借有还，再借不难。

以后每隔两三天，老人总要来借一次榔头，或者还一次榔头。他知道我要忙手里的稿子，来了便和妻子唠唠家常，问问我儿子幼儿园里的事。

一天晚上在饭桌前，妻子突然想起什么事似的说，咦，这几天对门的老人怎么不来借榔头了？我一想，还真是一星期没来了。

正说时，听见外面有开门的声音，我马上打开门看，有个中年人正在开对面的铁门，我忙问那中年人，你是他儿子？

他点点头。

你父亲这几天在家吗？

他摔伤了腿，住在医院里。

怎么会摔伤呢？我感到非常意外。

中年人告诉我，他父亲前几天不小心将一瓶酱油打翻了，就自己下楼去买，不料腿下一滑摔倒了，摔成了严重的骨折。

腿不好，还要下楼去买，干吗不到我们家来拿呢？不知怎么，我竟责备起老人来。

老人的儿子忙解释：你不知道我父亲的脾气，他从来不喜欢要别人的东西，哪怕是借都不愿意。

那有什么关系呢，我们是邻居，而且，他不是经常到我们家来借榔头的吗？

到你们家来借榔头？我们家里明明有榔头的呀！老人的儿子显得大惑不解。

我也感到挺纳闷，不过，很快我就明白了。

我很温柔

曹小梅的出生对于他的父母来说简直是种不幸，因为曹小梅的父母一口气生出了两个儿子，这第三胎该是个女儿了，可偏偏又不是，曹小梅的父母面对着第三个儿子精神恍惚，竟一口一个"小妹"地叫，去申报户口，户籍民警问叫什么？

曹小妹。

是个女儿吧？

是儿子。

户籍民警吃惊地打量着这对夫妇,非常怀疑他们的神经系统出了什么问题,儿子怎么可以叫小妹呢?

曹小梅的母亲有点文化,赶紧补充说,叫曹小梅吧!

户籍民警觉得也不好再反对,就在户口簿上填了"曹小梅"。

弄了个女儿名,曹小梅的父母似乎还觉得不过瘾,于是又给曹小梅留起了长发,再买些花花绿绿的衣服叫他穿,曹小梅的脸盘本来就生得特别大、特别圆,于是走到街上,经常会有人说,唷,你们的女儿真可爱,像个洋娃娃。曹小梅的父母自然也就喜气洋洋的。

曹小梅因为一身女儿装,男孩子们便瞧不起他,不愿跟他玩,他就只好去找女孩子们玩。女孩子们就教他跳橡皮筋、踢毽子,没想到他在这方面还真有些天赋,跳起橡皮筋,踢起毽子来,竟比那些女孩子们还要漂亮。

曹小梅要上学读书了,父母这才挺不情愿地恢复了他的男儿身,可同学们还是知道了他的过去,于是经常会有人来取笑他,曹小梅也没去跟他们理会,时间长了,同学们也就觉得没意思了。

念完中学后,曹小梅就去插了队,后来恢复高考,曹小梅也想去考大学,他问母亲考什么大学好,母亲说:依你的脾气,考医科吧!曹小梅就考了医科。大学毕业后,他被分到一座县城的中心医院,做了中医内科医生。

等 候

　　看中医的一般都是些老头老太们,他们要么唠唠叨叨个没完,要么疑神疑鬼,尽提些稀奇古怪的问题,医生们被缠得受不了,喉咙自然就粗起来了。可遇到曹小梅,始终这么细声细气、和颜悦色的,病人们当然就说曹医生好,这一传十、十传百,曹小梅就成了公认的好医生。

　　后来,医院的领导一商量,决定提他做医务科科长,虽说开医院就是救死扶伤,可总有救不活的,这救不活的家属一想不通,事情就闹大了,砸东西的,拼命的,总是天翻地覆。这时候就需要医务科科长出去顶住了,然后化险为夷,这工作大家都觉得曹小梅最合适,于是曹小梅就成了中心医院最年轻的科长。

　　曹小梅在事业上可谓一帆风顺,可在爱情上却是屡战屡败。前面我们说过,他从小脸盘就长得特别大、特别圆,洋娃娃似的,挺可爱。可如今他的脸盘还是又大又圆的,这作为一个大男人,似乎就不好再说可爱了。

　　这天,他又去跟人家见面,是个镇卫生院的护士,那护士一见了他又想要走,这时曹小梅不知哪来的勇气,竟拦在她面前,字正腔圆地朗诵了一句台词:我很丑,但我很温柔。这是前几天他刚从电视里,从一位台湾来的明星嘴里听来的,没想到奇迹就这样发生了,护士竟没走,分手时,护士说,明天下班到卫生院来接我。

　　第二天,曹小梅骑了十几里地的自行车到了卫生院,那护士出来说，我临时有点事，你明天来吧，曹小梅点点头就骑回去了。

到了第三天，他又去了，护士又出来说有事，再等明天吧！这样一共等了七个明天，护士终于感动了，说，你真温柔，然后就嫁给了曹小梅。

结了婚，曹小梅依然很温柔，就是一件事，他妻子有些弄不懂。

每天晚上，曹小梅总要跑出去锻炼身体，他妻子说，人家都是早锻炼的，你怎么弄个晚锻炼？

这天晚上，他妻子感觉身体不舒服，就对曹小梅说，今天你就不锻炼了吧，陪陪我。可曹小梅坚持说要去锻炼一会儿，这下他妻子就起了疑心，等曹小梅一出门，她就跟了出去，只见曹小梅走出县城来到城外的公路上，这时公路上已经没有汽车，也没有行人，曹小梅在公路旁一棵硕大的杨树前停了下来，直直地站了一会儿，突然挥拳朝杨树猛击……

他妻子看呆了，她不知道发生了什么事，惊恐地跑上去大叫，别打了！

曹小梅见是妻子，也一下犯了傻。

你干吗要用拳头去打树？

我……我憋得慌。

你这么使劲打，手不疼吗？

不疼。

会不疼?你脑子有病吧!

真不疼,我……我都打好多年了……

穿白T恤的维纳斯

欣格出了校门就搭上去市中心的公共汽车,公共汽车大约开了半小时,就到了号称全国销售额第一的中百公司大门口。

当欣格踏上又红又亮的花岗岩台阶时,他才突然意识到,其实寂静的校园离这繁华如此之近,可欣格在学校待了快四年,竟还是第一次来到这里,而且,要不是欣格决意毕业后回到北方的那座小城去,要不是怕回去后人家要他说说这座远东第一的大都市,他今天还是不会来。

走进中百公司的底层大厅,首先有一股非常好闻的香味钻进欣格的鼻子,他认真地嗅了嗅,有种甜滋滋的感觉。欣格想了想,想出了四个字,香气可餐。然后,他就打量起在商场里来来往往的顾客,最引人注目的自然是那些靓丽的女孩子,欣格感觉这里的女孩子个个穿得漂亮,长得也漂亮,而且连绵不绝地在他眼前晃动。眼花缭乱的欣格

又想找个词来形容一下,他站在那儿使劲眨着眼睛,终于又被他找到了四个字,美女如云。

就在欣格正在为自己的文学素养沾沾自喜时,猛然间感觉有一道霞光闪过。

维纳斯!

欣格喊了一声,充满惊喜的目光紧紧盯着一位穿白T恤白短裙的女孩子。

太像了!欣格喃喃自语道。

在欣格的寝室里有一尊维纳斯的石膏像,那是他在一个爱好雕塑的同学那里发现的,然后他不知说了多少好话,做了多少好事,才将维纳斯请来的。所以欣格非常喜欢,将维纳斯放在床头的桌子上,每天都要看上一会儿,每次他都被维纳斯的那种脱俗的美丽、和谐的丰满所陶醉。

如今,竟有一尊活生生的"维纳斯"站在他的面前,怎么不令他热血沸腾。

忽然,欣格的后背被人撞了一下,他一个趔趄差点摔倒。等他站稳再看时,"维纳斯"已经不见了。

欣格急坏了,他开始拼命寻找,终于在二楼的服装商场里,他又见到了"维纳斯"。这时的"维纳斯"手里拿着一件衣服,正拉开一扇门走了进去。欣格情不自禁跑过去也急忙拉开了那扇门……

啊!欣格与"维纳斯"几乎是同时发出了惊叫声,欣格眼前的"维纳斯"竟与寝室的那尊维纳斯一模一样，丰满的上身……

欣格不知道自己是怎么退出那间小房子的，退出来时他才看见门的上方写着三个字：试衣室。

欣格为自己的鲁莽羞愧难当，他低头像小偷似的逃离了中百公司。

当欣格逃回寝室躺到床上时，他又看见了桌子上的那尊维纳斯。此刻，他再也无法坦然地面对她了，他非常痛苦地将眼睛紧紧闭上。

第二天，欣格找到学校附近的一个缝纫摊，对裁缝师傅说："请做一件长十五厘米，胸围二十厘米的白色T恤衫。"

裁缝师不解，问："这件衣服给什么穿？"

欣格一下来了火，凶巴巴地瞪了那裁缝一眼："问这干吗，你做就是了，要多少钱，说。"

十天后，欣格离开了这座城市，并且带着那尊穿着白T恤的维纳斯。

我跟鸟的事

我是属鸡的,自然史告诉我,鸡应该是鸟演化而来的,所以我就想说说我跟鸟的事。

首先我要说我六岁那年的事,六岁发生的事在经过了几十年以后,按理是记不大清楚什么了,可就是这只鸟愣是在我的记忆里不时地扑腾几下,挥之不去。

记得那天是刚从幼儿园放学回来,我一个人待在屋里觉得挺没有意思的。

这时有一只翠绿色的小鸟飞了进来,当时我生活在乡下的一个小镇上,住的屋子有人字形的房梁,那只小鸟进来就站在人字梁上看着我,我也看着它。

接下来的举动就有些无法解释了,因为我突然想到要关门窗,而且令我吃惊的是在关门窗时,我竟会如此沉着镇静不动声色。

小鸟显然是被我迷惑了,它一动不动地看着我将它的退路一一堵死,等到将门窗全部关紧,我开始得意扬扬地向小鸟大喊大叫,直到这时小鸟才意识到了危险,它开始拼命扇动着翅膀想飞出屋子,可一次次的飞行都撞到窗玻璃上,撞出"扑扑"的声音,而我却越来越亢奋地叫喊着,

等 候

又是一下沉闷的撞击声,小鸟从窗前垂直地掉到地上,待我激动地扑上前去,它已经死了。

面对死去的小鸟,我又显得有点不可理解,我没有表现得悲恸欲绝,更没有想到要给小鸟举行一个隆重的葬礼。当我的祖母走进屋来,我对她说,奶奶,你去把鸟做了吧,我想吃。

在我三十岁那年的一个上午,我正坐在办公室里写一份材料,当时写得确实非常投入,因为这是局长亲自布置的题目,而且又是我的顶头上司办公室主任行将退休的关键时刻。这时局长进来了,亲切地拍着我的肩膀说,你辛苦啦!

局长坐下来开始跟我拉家常,他说,不知怎么回事,这段时间老头痛。我赶紧说,局长您太辛苦了,该抽空上医院去看看。局长脸露痛苦说,看了,不管用。我问,就没有啥法子了?局长说,人家倒是告诉我一个偏方,可上哪弄去?我又问,啥偏方呢?局长说,吃猫头鹰的脑子。

当我告诉妻子说要买支气枪打鸟时,妻子立即断定我准是这几天连续写文章把脑子写坏了。

妻子说,你当这气枪是你儿子玩的小木枪吗?这气枪要你两个月的工资,再说,一个机关干部背杆气枪跑出去打鸟,你说像什么样子。好在我对妻子说买枪只是一种通报并不是汇报,所以枪我还是买回来了。

我先在家里练习瞄准，等到将五块肥皂全都打成马蜂窝以后，我就在一个星期天的早上出门去寻找猫头鹰。到了乡下，我逢人便问，见到猫头鹰了吗？都回答，没有。整整跑了一天，我连个猫头鹰的影子都没见着。不过，我的意志还是非常坚强的，以后每逢星期天休息，依然扛着枪下乡去找猫头鹰。这天我又累又渴正要爬一座小山，看见从山上下来一个老汉，于是我有气无力地问，老人家，您见到猫头鹰了吗？

老汉朝我上上下下打量了一番，然后问，你干吗要找猫头鹰？这时我不知哪来的表演天才，用非常伤感的语气给老汉讲了一个很不幸的故事，我的一位恩师脑子里长了个很不好的东西，而医生说只有猫头鹰的脑子才能救他。

我的故事显然感动了老汉。他带我来到山顶上，指指一棵已经枯死的大树对我说，我一年总能在这棵树上见到几次猫头鹰的。说完老汉便下了山，而我一个人开始了大树底下的守候，直守到太阳下山，还是没有猫头鹰的踪影。到了第二个星期天，我照样抖擞精神来到这棵大树下，以后每个星期都如此，时间不知不觉已过去了半年，可我从没有泄过气，因为我坚信我跟猫头鹰总会有一次历史性的会面。

又是一个星期天的早上，按理我不应该再出动了，因为天上满是乌云，下雨是随时的事，再说，我们办公室的老主任已于昨天退休了,接替他的新主任也已走马上任。可我却鬼使神差般地又来到了那棵树下,习惯性地抬起头来寻找猫头鹰,天哪,树上真的出现了一只猫头鹰!

我急急地举起枪来,瞄准,屏气,扣扳机,只听"啪"一声轻响,猫头鹰一声不吭就掉到了地上,当我兴奋地从地上捡起猫头鹰时,它已经没气了。

这就是我日思夜想、苦苦守候了两个季节的猫头鹰吗?!这时我的心情只有两个字可以概括:失望。

天上的雨终于下来了,我在雨中挖了一个坑,将那只身上已经发凉的猫头鹰连同我的气枪一块葬了。

田人与鸟

田人生于20世纪的50年代,至60年代读书的时候恰遇"文革",书也没什么好读的,每日早早地回到家,便跑到与家仅隔一条马路的公园里去玩,那时公园已没有人管,草长得已分不清路在哪,田人就在公园里打发时间。

一天吃晚饭时,祖母在饭桌上说,我这辈子吃来吃去,最好吃的还数麻雀炖蛋。田人立刻放下筷子说,奶奶,我也要吃。祖母说,小祖宗,哪里有麻雀买呀!

第二天放学，田人跑进公园，见了麻雀就跑去抓，可跑得鞋都找不到了，连根雀毛也没碰到，田人哭着跑回了家。

祖母说，别哭，奶奶给你做只弹弓，于是祖母找来铁丝给田人弯了只弹弓架子，然后又带着田人上街去买橡皮筋，当时的橡皮筋是一分钱两根，祖母用一角钱买了二十根橡皮筋，最后还缺一块装子弹的皮，祖母便将她身上那只牛皮的钱包剪了，弹弓终于做成了。

从此，每天放了学，田人就背着书包过家门而不入，直朝公园跑，天黑回家时，祖母总会问，打到鸟了吗？田人就摇头，一脸的不高兴。

田人当时才九岁，按理说他大脑皮质的兴奋中心是极易转移的。可唯独在打鸟这件事上，竟表现得如此专一而有耐心。鸟没打到，弹弓上的橡皮筋却一根一根被拉断，田人就用自己的零花钱去买，当时他每星期的零花钱是5分钱，刚好用来补充橡皮筋的损耗。

田人至今还记得，打到第一只鸟是他十二岁上四年级的时候。那时他打鸟已经进入第三个年头，这天他还是跟往常一样跑进公园，他听见一只麻雀在树上"叽呀""叽呀"地叫，抬头寻找，发现那只麻雀就在他头顶上方，离得如此近，他一下紧张得不得了。他右手握弹弓，左手拉开橡皮筋，第一颗子弹没射中，第二颗还是没射中，他紧

等候

张得心都要跳出来。也不知打到第几颗子弹,他突然听见"噗"的一声响,麻雀一头栽到地上,那是一只刚出窝学飞的小麻雀。

吃晚饭时,田人终于品尝到了他朝思暮想的美味麻雀炖蛋,当他满怀喜悦将小麻雀放进嘴里时,心里不觉有点失望,因为他想象中的美味好像不是这样的。

可这一切并不影响田人继续打鸟,打鸟已经成了他每天的必修课。而且从这天开始田人的打鸟水平也上了一个层次,以后几乎每天都能打到鸟,打到的鸟不仅有麻雀,还有伯劳、蓝背、白头翁……

田人鸟打得越多,反而吃得越少,他越来越觉得,打鸟是快乐的,吃鸟是麻烦的。

田人打鸟从小学一直打到中学,然后带着弹弓去了农村插队。

田人在田里干活时,随身带着弹弓,见了鸟便打,打到了就送给周围的农民吃,农民们说,田人是个好知青。

恢复高考,田人考上了大学,离开农村时,田人对房东说,感谢你这些年来对我的照顾,我要送样东西给你。他将那只跟随了他十多年的弹弓送给了房东。

进了大学,校园里树木葱茏,自然有不少鸟,田人无论走到哪儿,只要看到鸟,便不由自主地做出弹弓射鸟状,鸟见了便惊恐地飞走了。

大学毕业后，田人进了政府机关，从科员、副科到正科、副处，一路进步，现在正处长升迁，田人与另两个副处间的关系便一下复杂起来了，田人觉得心里很烦。这天田人在单位里，分明走得好好的，不知怎么会一脚踩空，从楼梯上滚下来，把胳膊摔断了。

去医院上了石膏，田人只好在家里休息，他觉得无聊得很，便一个人出门闲逛，走着走着不知怎么就走到了小时候玩的那个公园。

公园已跟过去大不一样，非常漂亮，田人找了一张椅子坐下。他听到树上有鸟的叫声，那声音非常好听，田人抬头，发现是一只从未见过的鸟在叫，他又下意识地想做弹弓射鸟状，可打着石膏的手却无法抬起，无奈的他吹起了口哨。那鸟听到田人的口哨，突然改变叫声，学起了田人的口哨，田人吹一声，鸟就叫一声，田人又唱歌，鸟也唱歌，田人乐了。田人是第一次感觉人跟鸟之间是这么容易亲近。

在这之前，田人一直以为鸟就是供人打的。

等候

冲出隧道

他朝车窗外的这座城市望了最后一眼，眼神里全是怨恨。

前天，也就是前天，当火车隆隆驶进这座中国西部的城市时，他有多少振奋和快乐，他觉得自己就是一列充满激情的火车。当然，这种感觉以前是没有的，那时他坐在一家机关的办公室里，一天到晚写些没人看的文字，他觉得自己就要变成一艘沉没的古船了。

有一天，他终于对领导和老婆说：不，我要辞职。领导大惊，老婆大哭，领导说，你去了就不能回来了。老婆说，你没了饭吃可别回来找我。

他回答，没问题。

他就这样很悲壮地下了海。一开始，他在南门外的农贸市场摆了个摊做水果生意，水果生意容易赚，也容易亏，他刚做，自然亏的时候多，可他觉得自己已从古船变为火车，快速的节奏本身已使他激动不已。

渐渐地，他赚的时候多了，尽管赚的只是些小钱，可比起他写干巴巴的文字拿干巴巴的工资已经不知翻了多少番。火车还要前驶，他要做更大的生意，他决定自己到西北去采购一批哈密瓜。他算计好了,十万元的哈密瓜运到这里卖出去就是十万元的利润,那么倒腾两趟就是二十万元,到时候领导同志会怎么说,老婆同志又会怎么说,哈哈。

十万元本钱不是小数,他跟老婆同志晓之以利,动之以情,终于凑了七万元,然后又东奔西走借了三万元,这样十万元就齐了。

于是他特意跑到百货公司买了一只时下最流行的密码箱,将十万元装进密码箱,他就登上西行的火车,几天几夜的颠簸,他依然像那列不知疲倦的火车。当他走出车站时,感觉这中国西部的天空就是特别蓝,特别让人来情绪,他打算先买瓜装车,然后抓紧时间去一趟草原,他要领略一下"天苍苍,野茫茫,风吹草低见牛羊"究竟是种什么意境。

挑瓜装车,一切都非常顺利,可当他打开密码箱准备付款时,天哪,一沓沓印着四位老人家头像的人民币竟然成了一张张白纸!湛蓝的天空一下变得漆黑。

以后的一切都是迷迷糊糊的,他只依稀记得回去的火车票是用手腕上的瑞士表换来的。

火车启动了,他的身子不由得一阵阵战栗,火车的尽头,也许就是他的尽头。而那只被人调换的密码箱此刻正怪兽似的蹲在行李架上看着他,他痛苦地闭上了眼睛。

等候

也不知过了多长时间，他听见一个十分遥远的声音在叫他，叔叔，吃苹果。他努力睁开眼睛，见一个小男孩站在他跟前，双手捧着一只红得非常好看的大苹果，他看了片刻，对小男孩和小男孩身后的年轻母亲艰难地笑了笑，谢谢，叔叔不想吃。

又过了不知多长时间，他的身体被人撞了一下，他又睁开眼，见身边的乘客已经换了人，现在在他身边的是个穿得挺考究的中年男人，正打开放在腿上的密码箱取东西。他无意中朝密码箱里瞥了一眼，心口猛地抽了一下，那旧报纸包的一捆捆东西，从形状大小来看不是百元大钞是什么！中年男人将密码箱锁好放上行李架，这时他吃惊得差一点叫出声来，那密码箱怎么跟他的密码箱一模一样！

他死死地盯着那只密码箱看，只要我的密码箱跟他的换一下……

火车在疾驶，他的心也在急跳，就在这时列车员走进车厢宣布：列车就要进入隧道，因为车上电路出了故障，到时不能打开电灯，希望大家在通过隧道时务必保持镇静，不要紧张。

他听后一阵狂喜，这不是天助我吗？

列车"呼"的一声钻进了隧道，车厢内顿时一片黑暗，于是他悄悄地从座位上站了起来。

妈妈，我怕。这是送苹果给他吃的小男孩在说话。

乖乖,不怕。这是小男孩的母亲。

妈妈,隧道为啥这么黑呀?

因为隧道里有个黑色的魔鬼。

妈妈,我要亮,不要黑色的魔鬼。

好,等火车打败了它,你就会看到亮,现在你闭上眼睛数数,等你数到300,就会看到天好亮好亮。

1、2、3……小男孩开始数数了,可数着数着就数颠倒了,于是他情不自禁地帮着小男孩数,29、30、31……终于数到300了,小男孩睁开眼睛说,哇,天真亮。

他也睁开眼睛说,嗯,天真亮。

呜。

冲出隧道的火车激动得一路猛吼。

聚 会

"喂,你好,我是金晶。"电话里传来悦耳的女中音,而且从语气中可以感觉到她对我似乎很熟悉,可我怎么想也想不起来金晶是谁。

"你这个大班长怎么把老部下也忘了?"大班长?我努力地回忆,对了,那是三十年前,我念中学的时候曾经

等　候

做过一回班长。那么，这位金晶一定是我麾下的体育委员，修长的身材，爱穿一身运动衫裤，跑起来像一头小鹿。

"你好，体育委员同志。"听筒里传来咯咯的笑声，"班长同志，我有一事要禀报，我现在在区妇联工作，前几天开会遇见我们班的学习委员同志，他在金光街道当主任，我们俩一见面就说起中学的事，就想搞个同学聚会，你的意见如何？""那太好了！""好，那我就去通知啦！"电话断了，真是头小鹿，来得快，去得也快。

当我按聚会通知走进广元酒店的宴会厅时，房间里已经站满了人，不知是谁叫了一声："班长好！"接着满屋子的人也跟着一起叫："班长好！"我被叫得浑身一热，大喊："同志们好！"满屋子的人哄堂大笑，这时体育委员小鹿跑过来了，她手指指人群说："你看谁来了。"

我顺着她手指的地方看去，一个白发苍苍的老人在对我微笑，是我们的班主任老师。我扑上去紧紧抓住了老师的手，感觉老师真的是老了，可我又不忍心说出来。

我说："老师，您还是那么精神，那么有风度。"老师伸手在我鼻子上刮了一下："你怎么长出这么多胡子了？"老师的话又引得同学们一片笑声。

笑过以后，学习委员附到我耳边说："按议程，先请每个人谈谈离开学校后的经历，时间规定是五分钟，然后是班主任老师说点希望，完了就吃饭，我订了四桌。"

第一个议程开始了,同学们个个抢着要先说,男同学们情绪激昂,声嘶力竭,女同学们柔肠百转,声音呜咽,三十年该经历了多少坎坎坷坷、风风雨雨,就像一首歌里唱的:"几度风云几度春秋。"

轮到老师说话了,老师拿下眼镜用手绢擦了又擦,说:"我为自己在三十年后能够跟同学们再坐在一起而感到激动。"老师的话又博得同学们的热烈掌声。

开始用餐了,不知是谁提议:"今天无论是男女老少,一律喝白酒。"这提议很快便获得通过。小鹿将酒杯端到我的跟前时,我连忙摇手:"不行,我一喝白酒胃就疼。"

小鹿朝我狠狠地瞪了一眼:"三十年了,就疼一回都不行吗?"

我还有什么话好说,只得故作英勇状,高举酒杯大声说:"同学们,为我们三十年后的重逢而干杯!"我将酒一饮而尽,大伙也都将酒干了。这时,不知是谁唱起了《白蛇传》里的那首极伤感的歌曲:"千年等一回,我无悔啊……"独唱很快又变成了合唱,唱一遍,大家都干一杯,气氛达到了高潮,奇怪的是我的胃灌了那么多白酒竟一点不疼。有些不胜酒力的同学开始说醉话、呕吐,可只要谁端了酒杯说:"为了三十年。"照样还是一口闷。

唱完了《千年等一回》,隔壁桌又唱起了男女声二重唱《迟来的爱》。这时小鹿突然站起来问大家:"同学们,我们

等 候

离开中学后五年内,有谁谈恋爱结婚的?"

"没有。"同学们异口同声。

小鹿端起酒杯走到班主任老师桌前说:"老师,我要罚您一杯酒。"

"为什么?"

"老师,我们在座的这些同学之间没有一对结成夫妻的,假如我们中学毕业五年的时候您能召我们返一次校,也许今天有许多人都要唱《夫妻双双把家还》了。"

老师什么也没说,一口把酒干了。这时小鹿领大伙儿唱起了《夫妻双双把家还》。

聚会结束了,可同学们的情绪还是非常高涨,便不约而同地问,下次聚会是什么时候?一位小个子男同学说:"下个月的今天,请大家到我那里去聚会。""噢——"于是一片欢呼声。那小个子男同学姓王,开了几家工厂。

到了下个月,我们又聚会了,这次就简单多了,因为每个人用不着再痛说革命历史,也用不着耿耿于怀地大唱《千年等一回》,喝酒就是喝酒。为了让大家多喝酒,我们不能再说为了三十年,而是用击鼓传手绢的方法,鼓声停,手绢在谁的手里就谁喝。不知怎么,我的胃又疼了,当聚会快要结束时,不少同学又问:"下次聚会什么时候?"我马上说:"下次聚会就到我那儿去。"

分手的时候,小鹿问我:"下次聚会你准备大约定在什么时间?"

我想了想说:"就先不定时间了吧!"

下　落

盖水的妻子打电话给盖水的单位,说盖水怎么上班上得连家都忘了回?

盖水单位的骆局长接电话说,怎么会呢,我们也正想问问,盖水今天为何不来上班?

两边的话一说完,不禁全都吓出了一身汗,盖水上哪儿去了?

盖水的妻子问遍了盖水的亲朋好友,盖水的单位寻遍了盖水所有的工作关系,回答都一个样,没看见。

五天、十天过去了,还是不见人影。盖水的妻子急得要发疯,盖水单位的骆局长亦如热锅上的蚂蚁,这时有人建议,快向公安局报个案吧!

公安局接到报案,立刻派了孔警员、费警员赶到盖水的单位。骆局长向两位警察介绍完盖水的情况,孔警员沉思片刻说,无非有几种可能吧:他杀、自杀、被人绑架或是自己出走。

等　候

骆局长说，自杀和自己出走绝对不可能。

孔警员问，为什么？

骆局长说，盖水是我们局里最年轻的科长，并且已经明确列为局领导的后备力量，他有什么理由要自杀、要出走呢？

孔警员无言。

费警员接着问，他在单位有没有受过什么刺激？

骆局长说，也谈不上什么刺激，无非有些人妒忌，说些怪话，写几封莫名其妙的举报信，可我们没发现盖水情绪有什么波动嘛！

告别了骆局长，孔警员说，看来盖水自杀或出走的可能性不大。费警员说，被绑架的可能性也不大，你想，绑他干吗？又不是有钱的主。

孔警员点点头，看来他杀的可能性比较大了，是仇杀、财杀，还是情杀？

费警员说，我们是否先跟盖水的妻子正面接触一下？

盖水的妻子一到公安局，便哭得泪人儿一般。孔警员问，你是什么时候发现盖水失踪的？

那天傍晚五点三十分。

你怎么这么肯定？

盖水的单位是五点钟下班，从他单位到家里，骑自行车大约需要二十五分钟，所以我要求他五点三十分以前回到家,他一向都是很准时的。

他有什么仇人吗?

没有。

那天他身上带了多少钱。

一共是六十九元八角七分。

待盖水的妻子走后,孔警员对费警员说,看来我们有必要调查一下这个女人的情况。费警员说,正是。

在盖水妻子的单位里,人们异口同声地说她是如何如何好,孔警员特意问了一句,她同其他男同事关系怎么样?那个闻经理说,唉,就是这方面有些欠缺,对男同志总是爱理不理的。

走访盖水的邻居,邻居们说,他媳妇对他可是没说的,家务全由她包了不算,盖水平时胃口不好,不肯吃东西,他媳妇还硬是规定他每顿该吃多少荤菜、多少蔬菜,不然,盖水能有那么胖?

这调查越深入,孔警员与费警员的脑子里越像糨糊,这事便被搁了起来。

大约半年后,盖水单位里的两名同事到千里之外刚辟为旅游景点的南山游玩,他们爬到半山腰时,看见有一山里人模样的人在林边打猎。猛然间,他们觉得那人挺像盖水,想走近去看看清楚,不料那人却飞也似的朝林中跑去。

两个同事回来将这件事说给骆局长和盖水的妻子听,

骆局长和盖水的妻子都说，这怎么可能呢，好端端的一个人，干吗要跑到深山老林里去？

我没有事

几年前到北京开作品研讨会，会议开了三天就结束了，但谁知会上给买的回程车票却是第五天的，这样在北京还得多逗留一天。

许多人说要去登长城、逛故宫，这些地方我是去过了，也不想再去第二遍，可一个人待在招待所里特没意思，于是我就想到了大学的同学陈明。

我只知道他大学毕业时被分配到北京的某某部里，以后的十几年里就没有通过音信。我抱着侥幸的心理先拨通了"114"查询台，问清了某某部的电话总机，然后就请某某部的电话总机给转办公厅，一位先生在电话里问找谁，我说找陈明。他问有什么事？我说是老同学，想看看他。他说，您等着，我给您接通陈司长的办公室。

想不到陈明都当司长了。正感慨时电话里传来陈明的声音，喂，哪一位？我赶紧说我是谁谁。陈明反应还是挺快，噢，老同学，有什么事吗？我说我在北京刚开完会，想来看看你。陈明极爽快地说，好，你住在什么地方，我叫小车来接你。听了这话，我心里一阵感动，毕竟是老同学，而且是一个宿舍的上下铺，这感情就是不一样。

"奥迪"车驶进某某部的大院时，马上给了我一种非常强烈的感觉，正如听别人说的，这北京的大院就是大，你一走进这样的大院，就觉着自己一下变得特渺小。

走进陈明的办公室，宽敞的空间，特大的办公桌，就是有一种大院的气派。十多年不见的陈明比起在学校时发福多了，也气派多了，他上来跟我很热情地握手，然后拉我在沙发上坐下，又叫秘书泡了一杯上等的龙井茶。这一切忙完了，他就微笑着问我，什么时间到北京的？我说，来四天了。他又问，有什么需要我帮忙的吗？我说，会议上安排得挺好的，没什么需要帮忙的。

正说时，秘书拿了一沓文件进来叫陈明签字，等陈明签完字，我们不约而同地唠起在学校时的情景。刚开了个头，就有三四个人进来找陈明，陈明就领着他们到旁边的一间会客室里去了。大约半小时后，陈明送走了客人，重新又坐回沙发，向我做了一个无可奈何的表情。说那几个人是某某省的，来北京是让他解决个什么事，说完这些，我们就又言归正传了。陈明说，读书时我最怕的就是晚间熄灯，书正看得带劲，灯忽然都灭了，强迫你睡觉，可一下哪能睡得着？我说，你睡不着就拼命晃动床，让我也别睡，陪你聊天。

陈明不由哈哈大笑，说，我们可是共患难过的呀，所以嘛，你有什么事尽管开口。

我刚想说真没有什么事，门又被推开了，又有三四个人进来，陈明又去跟他们握手。我看陈明挺忙的，就赶快起身向他告辞。陈明问我什么时候再来，我说，走以前如果有空，一定还会来看你。陈明说我再让小车送你。我说认识路了，坐地铁很方便的。

我告别老同学，走出了那幢灰色凝重的办公大楼，可还没等我走出大院，就听见背后又有人在喊我，是陈明的秘书。

他喘着粗气奔到我跟前说，司长让我再跟您说一声，您有什么事务必告诉我。

我真没有事，我保证没有事，我绝对没有事。

我不知道除了跟秘书反复说没有事我还能说什么，我只想着快点逃出大院，直到离开北京，我再没去过陈明那里。

视　角

小时候跟大人说话，我总要仰着脸，恭恭敬敬地听大人对我说什么是对的，什么是错的。

到了我成为准大人的时候，我去了农村，生产队队长一脸严肃地对我说，侬是来接受伲再教育的，伲要好好地跟侬讲一讲。在队长讲一讲的一个多小时里，我始终如一保持着仰脸倾听的姿态。

农村苦度五年，我终于考上了大学。

那天生产队队长亲自驾着小船，将我送到五公里外通汽车的公路边，当我爬出小船，登上公路，然后俯看着站在船头的队长挥手告别时，第一次觉得自己真的长高长大了。

可这种感觉并没有维持多少天，因为几天后我已经坐在一所大学的课堂里，教我们政治经济学的是吴教授，他上课时总喜欢把双手背在屁股后面，两眼只盯着我们身后的墙壁，竟然能将晦涩难懂、像砖头般沉重的《资本论》讲得如同看小人书似的。

所以上吴教授的课，我也从来不看讲义，就仰头看吴教授的嘴巴，我好像又回到了小学一年级。

大学毕业后，我分配去了检察院。

报到那天，检察长极热情地拉着我的手，让我跟他一起坐到沙发上，他说，你可是我们单位第一位法律本科生咧，我们缺的就是你这样的人才咧。检察长和我说话时，我的眼睛正好看着他的眉毛，他的眉毛长得弯弯细细的，

等 候

看起来非常亲切。然后检察长又问我,你想去哪个部门工作?我说,哪最需要人呢?检察长说,那当然是经济检察科咧。

我去的经济检察科一共有十个人,一个科长,三个检察员,三个助理检察员,还有三个书记员。我刚到,自然成了第四个书记员。书记员平日的工作,就是别人说什么,你就记什么,至于你想说什么,那要等你熬成了检察员。

这天又是全科集中讨论案子,按老规矩,先是承办人黄检察说,接下来是其他各检察说,然后是科长说,现在科长也说完了,该轮到检察长拍一板了。

没想到检察长慢悠悠地将原来面对科长的脸竟转了过来,转向我,你也说说咧。

我身子晃了晃,有种地震的感觉。检察长又说了,你说说咧。我被说得身子一热,还真说了,我说我不同意科里的意见,理由一共有六条。

检察长听完后说,我赞成咧。我感觉到又一次地震。

打这以后,每到讨论案子的前一天,科长总要跑到我的办公桌前,随便找个什么事跟我聊一聊,然后便转弯抹角地想听一听我对案子的看法,刚开始我觉得挺紧张,不知是说好,还是不说好,时间长了也就习惯了,便想说什么就说什么。

春天又来了,我到检察院也满一年了,一年到了要办转正手续，科里专门开会讨论我转正的事，大家伙都热情洋溢地说些吹捧我的话，轮到科长说了，科长先端起茶杯，喝了一口水，该同志嘛，这个水平还是有的，不过，有时摆不正自己的位置，比如……

怎么能这样说我！我气得差一点从椅子上弹起来，一连数天不想吃饭，不想睡觉。

这天科长又来到我的办公桌前，他刚说上天气，我就知道明天科里准要讨论案子，于是无论他怎么"抛砖引玉"，我就是紧闭尊口，仰头做洗耳恭听状，这时我发觉科长的嘴角挺逗人，怎么是一边向上，一边向下的。

春去夏来，一天检察院工会组织大家到淀山湖游泳，我游了一会，感觉累了，便爬上岸，坐在一块青石上喘气。

嗨，淀山湖还真美，万顷湖水净蓝如碧，几条小鱼在水中嬉闹，几片花瓣在水面漂泊，哦，正所谓：落花有意，流水无情。

正感慨间，有人游入了我的视线，因为脸埋在水里，我只能看到他的头顶，头顶是花白的，毛发是稀疏的，这位老同志是谁呢？

终于，他抬起了头，天哪，他怎么会是我们科长，我愣了一阵，忽然觉得科长与那几个花瓣一样令人伤感，令人同情。

游泳回来后，再遇科里讨论案子，我不等科长来聊天，

等候

就先赶紧跑到科长室去。有人见了便笑我,怎么,想明白了,想跟科长套近乎了。其实真的不是,我唯一想的是在跟科长说什么事的时候,我能够保持站着,而让科长坐着,这样便可以改变一下我的视角,我就可以清清楚楚地看见科长头顶上那片漂流的花瓣,如此,我的心情,还有我的说话语气和语调,都会非常好。

后来,科长终于忍不住问我,你怎么一下成熟了这么多?

我笑而不语。

再后来,科长就推荐我当了副科长。

贺年卡

每到年末,我总觉得最没有意思、最不想做的一件事,就是写贺年卡。你写给朋友吧,是真朋友还在乎你寄不寄张贺年卡?若是寄给无关紧要的人,人家更不当回事了。由此我给自己定的规矩是不写贺年卡,可不幸得很,这规矩还是给破了。

那是在我决定离开我原先工作的单位,离开我原先居住的县城,科里的一帮同志加兄弟吵闹着非要为我送行。酒喝了一阵,我晕乎乎地问,诸位还有什么要吩咐的?不知是谁说的,没别的,就希望科长今后每年给大伙儿寄张贺年卡来。

行,不管男女老幼,只要在科里共过事的,都寄。我稀里糊涂地就这么应下了。

那年岁末,我放下手中的一切活儿,跑到文化用品商店精心挑选了二十八张贺年卡,因为我粗略算了算,跟我在一个科里的先后应该是二十八个人,然后苦思着如何写贺年卡,想了老半天,想想还是随俗吧,衷心祝福什么什么的,我一口气写好二十七张,就剩下一张了,可我实在写不下去了,因为我一想到"江天华"这三个字,手就发颤,十多年前的事又回来了。

十几年前,我刚从大学毕业分到单位,正好碰上开始大讲尊重知识、尊重人才,于是我这个全局唯一的本科毕业生一下就成了知识、成了人才。

江天华也表现得特别热情,一个劲儿地跑局长室,态度坚决,要求将我分到他的科,局长一感动,真答应了。我到了科里,他还真拿我当回事,弄得我受宠若惊,天天精神亢奋。两年后,我成了局里最年轻的副科长,可资格最老的科长江天华还是科长,应该说形势十分明朗了,可我当时哪会知道越是晴朗的天气越可能下雨呢?

那个星期天,天气很好,太阳暖洋洋的,我一得意就扛了根钓鱼竿,跑到我当时居住的县城旁边的一个池塘里钓鱼。

等 候

那天的鱼也真友好,争先恐后跑来吃我的鱼饵,才一个多小时,我的网兜里就已经装了十多条贪嘴的鱼,正要凯旋时,突然不知从哪儿冒出来几条壮汉,一声喝,抓偷鱼的!

接下来的事就麻烦了,先是科里开批评帮助会,江天华在会上极为痛心地问,你怎么会去偷鱼呢?

我解释,我是去钓鱼,不是偷鱼。

可那是水产局的养鱼塘。江天华非常严肃地指出。

我没看见插着养鱼塘的牌子。

没插着牌子,也还是公家的鱼塘嘛!

可我钓上来的全是黑鱼、昂刺鱼啥的野鱼,根本不是鳊鱼、草鱼啥的家鱼。

不管黑鱼白鱼,总还是公家鱼塘里的鱼吧!

我还从没见过江天华这么严肃认真过,我还能说什么,只有认错,然后是停职检查。

晚上我闷坐在办公室里写检查,科里的小李子悄然无声溜了进来,他哭丧着脸对我说,我实在没想到会这样,我刚好路过,想你钓鱼玩也是很正常的事,所以遇到江科长就随便说了一句。

什么!我一下从椅子上蹦了起来,冲出办公室,在江天华家的屋子外一连转了好几十圈,然后鬼使神差跑到钓鱼的池塘边傻傻地坐着,直到天亮,那夜真冷,是那种从未有过的冷。

以后几年，总有人告诉我，说江天华悄悄地问，为啥他没有收到贺年卡。我曾几次冲动着想写一张给他，可每一次都被刺骨寒气所驱散，那寒气来自当年的鱼塘。

1999年又要过去了，我又开始装模作样写贺年卡。

当我翻着日历，忽然有种抑制不住的激动，难道我们真的正在跨越千年吗？我没有再犹豫，用颤抖的手将第一张贺年卡写给了江天华。

我在贺年卡上是这样写的：无论过去如何，我们都一起跨进了新的千年。

2000年元旦的钟声终于敲响了，我接到来自我原来居住县城的电话，是科里的一个同事打来的，互致问候后，我特意问了一句，江天华现在还好吗？同事说，你不知道？他走了，在一个月前，是心梗。

窗外，新千年的烟花鞭炮在天空中热情奔放，电视机里也是一片欢歌笑语，江天华终于没有走进新的千年，没有收到我寄出的贺年卡……

其实，我是可以早一点将贺年卡寄给他的。

等候

我的选择（代后记）

其实我从小就没有做过文学的梦，我写小说是有一种赌气的成分在里面。20世纪80年代初，作为恢复高考后的第一届法律本科毕业生，当时的心态确实是有一点傲娇，所以当检察长语重心长地对我说你还要提高写作水平时，我当时的心情是可想而知的，从这时开始，我便横下一条心，决定写小说来证明自己。几年后我才知道，检察长说的提高写作水平，原来是要我字写得漂亮些。

我的小小说写作可以分为两个阶段。

第一阶段是从20世纪80年代中叶至21世纪上半叶，近二十年时间，凭着自己的经历，农村插队五年（中间还当过代课老师），大学四年，毕业后做检察官十年，然后下海五年，再上岸做律师、做仲裁员、做法律工作，所以有评论家对我这个阶段的小小说创作概括为：数百篇作品写尽了人间百态。人们常说经历就是财富，可对于我来说，是经历赐予我这些小小说，我无法想象假如我没有这段生活经历还能写出这些作品来。当然除了生活，我还遇到了贵人杨晓敏等老师的指导和帮助，《百花园》《小小说选刊》等刊物的厚爱，对于一个写作者来说，这些都是至关重要的。

我第二阶段写作是从 2018 年年底重新开始的,当我决定重新拿起笔的时候,我给自己提了两个要求。

第一,宁可写得少一点,发得少一点,也要尽可能写得精一点,蒲松龄《聊斋志异》中的狐仙已经诞生了将近三百年,至今一个个还是如此娇艳鲜活,我们是否也能有幸逮到一只呢?

第二,说我原来的作品呈现人间百态,是不是说写得比较杂,那么现在我是否可以有意识地选择一些题材来写?比如生我养我的上海,虽然开埠时间不算长,但它已经形成了或者正在形成一种特有的"海纳百川,大气谦和"的城市性格。同时,我也注意到有一些作家早就开始围绕一块地方、一群历史人物,创作系列的小小说,并且得到了大家的关注与好评。但是我想做的是,我应该从现代人的身上去寻找地域的特色,而不再是去古人堆里寻找,从而让地域的文化特色能够沐浴在现实的阳光里。

我在 2019 年《北京文学》上发表的《油腻》,在《故事会》上发表的《朴树下》,在《天池》上发表的《绿地》,在 2020 年《百花洲》上发表的《浦东浦西的故事》《双胞胎》,在《山西文学》上发表的《生存》等,就是尝试做一些这方面的努力。

图书在版编目（CIP）数据

等候 / 戴涛著 . -- 北京：中译出版社，2022.3
（第九届(2018—2020)小小说金麻雀奖获奖作家自选集）
ISBN 978-7-5001-6994-9

Ⅰ. ①等… Ⅱ. ①戴… Ⅲ. ①小小说—小说集—中国—当代 Ⅳ. ① I247.82

中国版本图书馆 CIP 数据核字（2022）第 038067 号

等候
DENGHOU

作者：戴涛

责任编辑：温晓芳 / 特邀编辑：尹全生 / 文字编辑：宋如月
封面设计：北京锋尚制版有限公司 / 内文排版：北京杰瑞腾达科技发展有限公司

出版发行：中译出版社
地址：北京市西城区新街口外大街 28 号普天德胜大厦主楼 4 层
电话：（010）68002926 / 邮编：100044
电子邮箱：book@ctph.com.cn / 网址：http://www.ctph.com.cn
印刷：北京中科印刷有限公司 / 经销：新华书店

规格：880mm×1230mm　1/32
印张：8.875 / 字数：156 千字
版次：2022 年 4 月第 1 版 / 印次：2022 年 4 月第 1 次
ISBN：978-7-5001-6994-9
定价：42.80 元

版权所有　侵权必究
中 译 出 版 社